Au bout du ciel

Jill Creighton

Illustrations
Sue Harrison

Traduction
Nicole Ferron

Annick
Toronto • New York

Annick Press tient à remercier le Conseil des Arts du Canada et le
Conseil des Arts de l'Ontario pour leur aide.

Données de catalogage avant publication (Canada)
  Creighton, Jill
  [Where the sky begins. Français]
  Au bout du ciel

Traduction de : Where the sky begins.
ISBN 1-55037-371-4

I. Harrison, Sue. II. titre. III. Titre : Where
the sky begins. Français.

PS8555.R443W4814.1994   jC813'.54   C94-931899-X
PZ23.C74Au 1994

Distribution au Québec :
Diffusion Dimedia Inc.
539, boul. Lebeau
Ville St-Laurent, PQ H4N 1S2

Distribution au Canada :
Firefly Books Ltd.
250 Sparks Avenue
Willowdale, Ontario M2H 2S4

Distribution aux États-Unis :
Firefly Books (U.S.) Ltd.
P.O. Box 1338
Ellicott Station
Buffalo, New York 14205

Imprimé au Canada par Quebecor, Inc.

À maman et à Ann,
à mes oncles, David, John et Richard,
avec tout mon amour.

1

L'ACCIDENT

Tout était calme et sombre sous la jetée. Julien pressa ses mains contre le sable humide, puis repoussa une mèche de cheveux foncés tombée sur son front. Personne ne pouvait l'apercevoir ni lui poser de questions, mais, lui, il voyait tout.

Pâle et immobile, enveloppé dans les couvertures blanches de l'infirmière, son frère Paul était allongé sur un brancard déposé à même le sable sur la plage. L'hélicoptère de l'hôpital viendrait bientôt le chercher pour l'emporter, en remontant la rive du Saint-Laurent, jusqu'au seul village assez important pour posséder un hôpital. Agenouillée d'un côté du brancard, leur mère pleurait sans bruit, les mains crispées sur la couverture; de l'autre côté, l'infirmière se dressait comme une sentinelle.

De sa cachette, Julien pouvait voir commérer tous les villageois, impatients de connaître chaque détail de l'accident. Comme des chiens qui se disputent un os bien charnu, pensa-t-il. De temps en temps, ils levaient les yeux vers l'est. Des voix s'élevaient avant d'être emportées par le vent. Les goélands s'époumonaient dans le ciel et les vagues mousseuses du fleuve clapotaient contre la grève et frappaient doucement les bateaux de bois qui dansaient au bout de leur ancre.

Tante Barnes, la voisine d'à côté, fendit la foule en remorquant Rosie et Michou, tout en cherchant Julien des yeux. Malgré les douze ans de ce dernier, elle le menait à la baguette. De temps en temps, elle criait son nom; le bruit montait au-dessus des têtes : «Julien! Julien Mackensie!» Le jeune garçon se blottissait obstinément dans l'ombre.

Tomp! tomp! tomp! tomp! Un tambourinement lointain retentit derrière les collines et tout le monde se retourna. Semblable à une libellule géante, l'hélicoptère apparut au sommet de la colline et se rapprocha du fleuve, soulevant un chapelet de petites vagues qui dansaient et brillaient sous les rayons du soleil. Lorsqu'il aborda la plage, une poussière de sable chassa les gens qui s'égaillèrent comme une volée de bécasseaux. L'hélicoptère se posa prudemment.

Le pilote continua à faire tourner les pales dont le vrombissement frappait les collines, tandis que le copilote sautait à terre et, le chapeau devant la figure pour se protéger du vent, courait jusqu'au brancard. Albert Fournier, qui savait toujours ce qu'il fallait faire, tira une couverture par-dessus la tête de Paul pour empêcher le sable de s'infiltrer et donna un coup de main au copilote pour transporter le brancard dans l'hélicoptère. L'infirmière tendit son rapport et lança quelques mots. La mère de Julien posa son pied sur la marche de métal. Elle regarda ensuite par-dessus son épaule, fouillant la foule des yeux; Julien avait envie de se dresser avec force gestes et de crier : «Je suis ici! Ne t'inquiète pas!» Mais il était paralysé. Sa mère pencha la tête contre le vent et grimpa dans l'hélicoptère. Julien se

mordit la lèvre et ferma les yeux : Paul était blessé et sa mère, partie. Un grand vide remplit sa poitrine et il eut du mal à refouler un sanglot. Il entendit une porte se refermer; lorsqu'il rouvrit les yeux, l'hélicoptère était déjà bien haut et se dirigeait vers l'est.

Tout le monde s'en retourna au village en parlant et en gesticulant. Tante Barnes portait Michou qui se tortillait—je parie qu'il déteste ça, se dit Julien—et tirait Rosie par la main. Elle fouilla la plage, la jetée et la grève des yeux, grimaçant à cause du soleil.

Julien s'essuya les yeux et le nez avec sa manche et se traîna jusqu'à l'autre bout de la jetée, pour sortir là où personne ne pourrait le voir. En longeant les rochers, il fila jusqu'au bateau renversé de Laurier Martin, et rampa dessous. Il y faisait sombre—c'était l'endroit idéal pour fermer les yeux et revoir en pensée tout ce qui était arrivé. Julien se demandait à quel moment les choses avaient mal tourné.

Installé à la table de cuisine, Julien dessinait, comme d'habitude. Il faisait les ours noirs que le père d'Ovide Gilbert avait vus au dépotoir. L'un d'eux avait la tête dressée, le nez dans le vent. Julien pouvait sentir cette pose, le cou tendu et les narines frémissantes, comme s'il était cet ours-là. Un autre éventrait un sac d'ordures de ses griffes tranchantes. Pendant une seconde, la propre main de Julien devint la grosse patte poilue. Il voulait dessiner un ours en parachute pour faire rire ses frères et sa soeur.

Paul était affalé sur le plancher, lançant ses petites autos d'une rampe en bois que lui avait construite son père jusque sur le mur où elles arrivaient avec fracas. Dehors, Rosie et Michou jouaient aux billes en se querellant. C'était presque l'heure du souper.

Paul avait sauté sur ses pieds, tiré la chaise rouge près du poêle et soulevé le couvercle du chaudron de soupe. En même temps qu'une bouffée de vapeur, une merveilleuse odeur s'en était échappée. Julien savait maintenant que c'était à ce moment-là qu'il aurait dû mettre son dessin de côté. Il aurait dû s'approcher du poêle, remettre le couvercle sur le chaudron et obliger Paul à le suivre jusque chez tante Barnes avec qui sa mère jasait.

Paul ne l'aurait probablement pas écouté. Même s'il avait un an de moins que Julien, c'était lui qui commandait. Julien, c'était le rêveur de la famille. Du moins, c'est ce que tout le monde répétait. Paul faisait son petit «chef». C'est lui qui disait à Julien quoi faire, et non le contraire. Julien était toujours trop occupé à observer les choses autour de lui. Ses seules sottises étaient de se cogner contre les poteaux de téléphone ou les clôtures parce qu'il rêvait, parce qu'il regardait derrière lui ou qu'il avait le nez en l'air.

Il aurait tout de même dû faire descendre Paul de cette chaise, il aurait dû lui crier après.

— Je veux de la soupe, disait Paul, le nez dans le chaudron.

Julien avait levé les yeux.

— Laisse ça tranquille. Maman va bientôt revenir, fut tout ce qu'il avait trouvé à dire.

— Mais j'ai faim maintenant. Je peux m'arranger tout seul.

Avant que Julien ne puisse se lever de son banc, Paul avait attrapé la poignée du chaudron et commencé à le tirer vers lui. Julien, prévoyant ce qui allait arriver, s'était levé, mais… trop tard : le chaudron avait basculé en avant et la soupe bouillante s'était renversée sur les bras et les jambes de Paul, qui tomba alors de sa chaise, avec un hurlement que Julien n'avait jamais entendu avant.

Julien se mit à pleurer lui aussi. Il avait peur et ne savait pas quoi faire. Il voulut aller chercher sa mère, mais la porte s'ouvrit brusquement : Albert Fournier, du magasin général d'en face, entrait en trombe. Il se précipita vers Paul et lui enleva ses vêtements.

— Fais couler de l'eau froide! cria-t-il à Julien.

Julien ne se rendait pas compte qu'il pleurait très fort, mais il tourna le robinet.

— Trouve-moi maintenant des torchons, fiston, et un seau! Dépêche-toi!

Albert avait enroulé des linges humides autour des bras de Paul avant que Julien ait eu le temps de remplir son seau; ce dernier était lourd et débordait, mais il réussit à l'apporter près de Paul et à y jeter tous les torchons trouvés dans l'armoire de sa mère.

— Maintenant, fiston, va chercher l'infirmière! Cours le plus vite que t'as jamais couru! File!

Julien se retrouva vite sur le chemin de terre. Une ou deux personnes l'interpellèrent, mais il ne prit pas la peine de s'arrêter.

— Qu'est-ce qui est arrivé? Qu'est-ce qui va pas?

Il ne voyait rien à présent, ni les arbres, ni les maisons, ni la grosse église en bois blanc qui se dressait fièrement sur le chemin de la plage. Autour de lui, tout était flou. Il ne voyait clairement que l'infirmerie, une grosse bâtisse grise et carrée au bord du fleuve. Lorsque Julien claqua la porte de la réception, Blondine le regarda, bouche bée.

— À l'aide! J'ai besoin d'aide! lui cria-t-il, des larmes roulant sur ses joues. Allez chercher l'infirmière!

Blondine se levait quand, juste derrière elle, Mlle Simon, l'infirmière, apparut dans l'encadrement de la porte de la salle d'examen. Une grosse femme la suivait en souriant, un pansement à moitié fait autour du bras.

— Qu'est-ce que c'est que ce tapage? demanda vivement Mlle Simon.

Oubliant sa timidité, Julien lui attrapa le bras.

— S'il vous plaît, s'il vous plaît, Paul a renversé la soupe. Il est tout brûlé, se lamentait-il en sautillant.

Mlle Simon attrapa son sac noir, toujours prêt, sur une tablette.

— Blondine, tu finis le pansement de Lucinda, dit-elle en franchissant le seuil, l'air agacé, comme toujours dans les cas d'urgence.

Ils coururent tout le long du chemin de la grève et de celui du dépotoir jusqu'à la clôture de la maison de Julien, Mlle Simon essoufflée et trébuchant dans ses chaussures d'infirmière.

Dès que cette dernière aperçut Paul sur le plancher, elle lança :

— Albert, va dire à Blondine d'appeler tout de suite l'hélicoptère.

Albert se leva et fila aussitôt. Tante Barnes essayait de réconforter la mère de Julien, en larmes près de Paul.

— Oh, non! pas mon bébé, pleurait-elle en se berçant à même le plancher.

Michou et Rosie étaient collés contre le mur, les yeux ronds et les coins de la bouche tirés vers le bas. Rosie, la petite de neuf ans, était coiffée de son chapeau, signe évident de grande inquiétude. L'infirmière les regarda sévèrement.

— Madame Barnes, sortez-moi ces petits d'ici, dit-elle.

Albert revint bientôt avec un brancard; tante Barnes entraînait les enfants à l'écart alors qu'une foule s'amassait autour de la porte d'en arrière. Julien évita tout le monde en sortant par la porte de côté, contourna le hangar puis longea le tas de bois de Laval. Il ne s'arrêta pas avant d'avoir gagné le dessous de la jetée, où tout était sombre et tranquille.

Quelqu'un qui chantait, plus loin sur la grève, ramena Julien à la réalité. Il jeta un coup d'oeil par-dessous le bateau de Laurier. C'était oncle Donat, ivre comme d'habitude à cette heure de l'après-midi, zigzaguant parmi les grosses pierres et les bateaux retournés. Il portait son grand chandail et sa toque de laine bleue malgré le soleil, et ses grandes bottes en caoutchouc bâillaient sur ses jambes arquées. Sa bouche s'ouvrait et se refermait mollement sur les mots de sa chanson.

— ...Oh! ne me déçois pas, oh! ne me quitte pas... chantait-il distraitement, sa voix montant et descendant comme une vague nonchalante qui se déroule lentement.

Julien se tapit davantage sous le bateau, l'estomac serré par la peur. Oncle Donat était petit de taille et Julien presque aussi grand que lui, mais quelque chose dans ses sourcils obliques et sa bouche étroite effrayait Julien. Quand il approchait brusquement son visage, l'odeur aigre des vêtements sales et du whisky donnait des haut-le-coeur. Sa poigne laissait de longues ecchymoses noires. Une fois, Julien l'avait vu dormir au soleil, enroulé comme un chien contre le mur d'une maison.

Tout le monde l'appelait oncle, mais en réalité il était l'oncle de Julien, le plus jeune frère de son père.

— Pourquoi est-ce qu'il faut qu'on ait oncle Donat? demandaient les enfants. C'est pas juste!

Leur père soupirait.

Julien se rappela la fois où oncle Donat avait dansé et tourné dans la cuisine sur un air de violon qui jouait à la radio. Ses bottes faisaient un bruit de pas lourds, sa tête branlait follement de tous côtés; à un moment donné, il avait saisi le petit Paul, qui avait alors huit ans, et l'avait lancé sur ses épaules.

— Mets-le à terre, Donat, mets-le à terre! fulminait la mère de Julien, mais l'oncle riait et tournait deux fois plus vite, tapant des pieds comme un possédé.

C'est à ce moment-là que le bout de son pied s'était pris dans le tapis usé près de l'évier, qu'il avait roulé sur le plancher et que Paul avait volé à travers la pièce avant de heurter de la tête le coin du buffet. Une zébrure rouge était apparue sur son front. Tout le monde s'était mis à pleurer, même sa mère; elle avait traversé la pièce en courant, le petit Michou, le pouce dans la bouche, accroché à ses jupons. Julien avait voulu aider Paul à se relever. Oncle Donat avait pouffé de rire.

— Tas de bébés! avait-il crié. Tu es trop molle avec eux, Peggy. Je vais te montrer à élever des enfants!

— Sors d'ici, avait dit Mme Mackensie de sa voix la plus tranquille, celle que Julien savait être la plus furieuse.

Oncle Donat s'était relevé. Juste avant d'avancer vers la porte, il avait serré le menton de Rosie et lui avait pincé la joue, assez fort. Julien et Rosie n'avaient jamais oublié ces doigts rugueux, ni leur oncle couché sur le plancher et tordu de rire pendant qu'ils pleuraient tous.

Des odeurs de cuisine flottaient dans le vent. Oncle Donat montait l'escalier de bois du magasin de la Baie d'Hudson. Il vacilla un peu dans l'entrée et disparut à l'intérieur.

Je ferais mieux de rentrer à la maison, se dit Julien, en reniflant l'air. Je n'ai pas réussi à aider Paul, mais je peux veiller sur Rosie et Michou. Je pourrais peut-être faire ça.

Il sortit de dessous le bateau et se dirigea vers la maison.

2

ONCLE DONAT

En regardant par la fenêtre de la cuisine, Julien vit Rosie et Michou, assis à table comme deux petites statues posées sur le banc de bois. Leurs cheveux étaient lavés et coiffés, et leurs pieds nus dépassaient du bas de leur pyjama. Rosie tenait fermement son chapeau sans oser le poser sur sa chevelure bien peignée. Elle adorait ce chapeau bien spécial qui avait appartenu à sa mère enfant. Son «chapeau de bébé», disait tante Barnes. Mais Rosie était indifférente aux dires des gens.

Il n'y avait rien d'autre sur les comptoirs que trois tartes aux petits fruits. Le plancher avait été nettoyé. Aucune trace du chaudron de soupe, des vêtements trempés de Paul ou du seau plein de torchons imbibés d'eau froide. On aurait dit que rien n'était arrivé. Il semblait y avoir un grand vide là où Paul aurait dû être. Je te vois encore! se dit Julien. Je te vois encore! Il se faufila par la porte. Tante Barnes, qui s'essuyait les mains avec un torchon, se mit à parler dès qu'elle le vit.

— Joe et Sam Fafard sont partis à la recherche de ton père, dit-elle.

Le père de Julien était parti pêcher dans leur camp d'été situé sur une des îles extérieures.

— Voilà ton souper, Julien. Tu aurais dû être à la maison. Tu ne peux pas toujours te cacher quand des choses graves arrivent.

Julien la dévisagea un moment sans savoir que répondre.

— Tu mettras les assiettes dans l'évier quand tu auras terminé, puis fais monter ces deux-là. Après souper, Christina va venir passer la nuit avec vous.

Tante Barnes se dirigeait vers la porte tout en parlant.

— J'avais pourtant dit aux enfants de se tenir loin du poêle, mais non...

Sa voix s'estompa et on entendit une porte claquer. Rosie mit son chapeau, se glissa sur le banc vers Julien et passa ses bras autour de son cou.

— Je veux maman, fit-elle d'une voix de bébé. Quand va-t-elle revenir?

— Elle est partie faire un tour en nycoptère, dit le petit Michou, cinq ans, en étudiant sérieusement sa montre jouet. Je dis qu'elle va revenir à huit douze.

— Mais non, cria Rosie, tu ne le sais même pas!

— Eh, ne me crie pas dans les oreilles, dit Julien.

— Je veux maman, reprit Rosie en pleurant.

Julien ne savait jamais quoi faire quand Rosie agissait comme un bébé, ce qui arrivait immanquablement lorsqu'elle était fatiguée, fâchée ou inquiète, disait sa mère.

Julien aurait aimé pouvoir dire tout ce qu'il ressentait.

— Allez, dit-il, viens t'asseoir ici et je vais te faire un dessin.

Ça, au moins, il savait comment faire.

— Est-ce que maman va être dedans?

— Si tu veux; quoi d'autre?

— Maman qui vole en nycoptère, dit Michou.

— On va faire maman qui revient à la maison en hélicoptère, fit Julien.

— Ouais!

Ils s'installèrent pour manger la tarte aux bleuets qu'avait préparée tante Barnes. Julien détacha de nouvelles feuilles de son bloc de papier à dessin et commença à dessiner en avalant son canard sauvage aux boulettes de pâte.

Après un certain temps, Christina, la fille aînée de tante Barnes, arriva. Michou s'était endormi, appuyé contre le mur, mais Rosie surveillait le dessin de son frère avec attention.

— Viens, fillette, c'est l'heure d'aller au lit, dit Christina. Qu'est-ce que tu dessines, Julien?

Julien lui montra sa feuille.

— C'est un très bel hélicoptère. On dirait qu'il vole.

— C'est ça que ça doit être, dit Rosie. C'est maman qui revient à la maison.

Christina la regarda en fronçant les sourcils.

— Peut-être qu'elle reviendra bientôt, dit-elle d'un air sceptique. C'est quoi cette libellule? ajouta-t-elle en regardant à nouveau la feuille.

— J'essayais de me rappeler à quoi elle ressemblait, fit timidement Julien.

— La tête est trop grosse, fit remarquer Christina, mais les ailes sont attachées comme il faut. Venez.

Ils déposèrent les assiettes dans l'évier, Christina souleva Michou comme s'il s'agissait d'une poche de farine, et ils montèrent l'escalier. L'étage comprenait deux grandes pièces donnant sur un palier. Les enfants dormaient dans l'une et les parents dans l'autre. Christina laissa tomber

Michou sur son lit. Il se recroquevilla comme une poupée de son, en marmonnant et en battant un peu des paupières. Christina lui souleva les jambes, tira le couvre-lit, puis glissa l'enfant dessous. Elle se penchait pour border Rosie lorsqu'un bruit de porte se fit entendre en bas. Ils se regardèrent avec surprise. La clenche s'agita et la porte s'ouvrit, laissant entrer le bruit lointain d'un moteur sur le fleuve et l'aboiement d'un chien. Puis la porte se referma.

— Hé! cria une voix rude. Où est tout le monde? Hé!

C'était oncle Donat.

— Reste dans ton lit, Rosie, dit Christina en courant vers l'escalier.

Elle n'avait pas le moins du monde l'air effrayée. Julien la suivit silencieusement et s'accroupit au milieu de l'escalier. Il ne voulait pas que son oncle le voie.

Assis sur une chaise jaune, oncle Donat enlevait ses bottes avec peine. Il regarda descendre Christina et ouvrit ses bras en signe de bienvenue. Il portait un chandail plus propre que d'habitude et ses cheveux, rentrés sous la toque, avaient l'air humides et raides, comme s'il avait tenté de les coiffer.

— Je suis venu apporter mon aide, dit-il lentement. Je peux prendre soin des enfants. Ils ont besoin de la famille dans le moment.

Il fit un grand sourire, découvrant d'étroites dents jaunes.

— Retourne chez toi, dit Christina. Remets tes bottes et retourne chez toi.

Oncle Donat se laissa retomber en arrière, les mains posées sur ses genoux cagneux, et il fixa ses yeux injectés de sang sur Christina. Il pointa un doigt noueux et sale vers son visage. Julien ne pouvait détacher son regard de ces doigts.

— Eh bien, mademoiselle la Connaissante! dit oncle Donat. Qui es-tu? Fais-tu partie de la famille? Non!

Il se carra sur la chaise, hochant la tête et regardant autour de la cuisine comme si l'affaire était réglée.

— Nous n'avons pas besoin de ton aide, dit Christina. Tu ferais mieux de partir.

Mais oncle Donat se mit à rire et à la regarder sans cligner des yeux, jusqu'à ce qu'elle devienne nerveuse.

— Je vais te montrer mon poing, ma fille, murmura-t-il en souriant, le poing effectivement levé.

Julien avala sa salive et s'appuya contre le mur. Christina avait soudain l'air plus petite.

— Julien, fit-elle sans le regarder, va te coucher et ferme la porte. Je vais chercher maman.

Le coeur battant, Julien grimpa l'escalier. Oncle Donat commença à battre du pied et à se gratter la jambe comme s'il avait des fourmis. De temps en temps, il frappait son genou du plat de la main, l'air fatigué et satisfait. Tante Barnes arriva presque tout de suite. Julien se coucha à plat ventre pour apercevoir le bas de l'escalier.

— Qu'est-ce que tu fais ici, pour l'amour de Dieu? lança tante Barnes.

— Bien, bien, madame Barnes, c'est un soir spécial, dit oncle Donat, soulevant sa tuque une fraction de seconde en la regardant dans les yeux.

— Remets tes bottes et sors d'ici! aboya-t-elle.

Indigné, oncle Donat se leva.

— Je suis le bienvenu dans la maison de mon frère, dit-il d'une voix rauque. Je suis tout le temps le bienvenu.

— Tu ne viens ici que pour causer des problèmes, rétorqua tante Barnes, et en ce moment tu n'es pas le bienvenu.

— Si, tout le temps! cria-t-il. Tout le temps.

— Tu n'es pas plus le bienvenu que peut l'être un vieux chien galeux, cria-t-elle à son tour.

Oncle Donat retourna les mots dans sa tête un moment, puis sourit.

— On peut nettoyer les chiens galeux, dit-il.

Tante Barnes ronchonna. Julien changea de position tant bien que mal. Sortez-le d'ici! voulait-il hurler. Arrêtez de parler! Mais il ne bougeait pas d'un poil.

Oncle Donat se laissa alors tomber sur la chaise. Il se pencha en avant tristement et se mit à masser son front.

— Écoute, Louella, dit-il, tu me connais.

— C'est bien dommage! rétorqua-t-elle.

— Mais avant, je veux dire, dit oncle Donat. Avant.

Tante Barnes le dévisagea froidement, la bouche retroussée avec dédain.

— Et alors! dit-elle. Ce qui compte, c'est maintenant!

Julien approuva. C'est vrai, pensa-t-il. Ce qui compte, c'est maintenant. Il aurait aimé tenir son poing fermé sous le nez de son oncle, tout comme ce dernier le faisait.

— Je veux être utile… commença oncle Donat.

— Alors, aide-toi toi-même, répondit tante Barnes. Ce sera mieux pour tout le monde.

— Louella, où as-tu laissé ton coeur?

Oncle Donat, en chaussettes, se leva et commença à tourner en rond dans la cuisine.

— Je sais que je peux m'occuper des enfants. Je veux prouver à mon frère que je suis aussi bon que lui.

— J'aimerais bien voir ça! lança tante Barnes.

Oncle Donat s'arrêta en face d'elle et se mit à parler doucement.

— Où est la douce fille que tu étais?

— Essaie pas de m'avoir avec de belles paroles! l'avertit-elle en reculant.

— Donne-moi une chance, Lou. Je sais que je peux être aussi bon que mon frère. Je veux lui montrer.

Julien secouait la tête, n'arrivant pas à croire ce qu'il entendait. Non, tu ne peux pas! criait une voix à l'intérieur de lui. Tu ne sais rien de nous. Mais il ne pouvait ni crier ni même parler. Il se sentait petit, inutile et seul. Il se rappelait les cris de son oncle :

— Rien que des bébés!

Tante Barnes frottait le comptoir à grands coups secs.

— Pourquoi est-ce qu'on devrait te donner une chance? demanda-t-elle.

Les yeux d'oncle Donat ne devinrent soudain qu'une mince fente.

— Tout le monde t'a donné une chance quand tu es revenue ici, toute seule, avec tous ces enfants.

— Je n'ai jamais demandé l'aide de personne, répondit fièrement tante Barnes en levant le menton.

— Mais tu l'as eue quand même, non?

Les yeux vides, elle le regarda en tordant son torchon. La poitrine de Julien était creuse et vide. Jamais de sa vie il n'avait vu tante Barnes ainsi à court de mots. Se rappelait-elle le temps où son mari l'avait abandonnée et que le village l'avait aidée, lui construisant une maison et lui donnant des vêtements pour ses enfants? Elle étudiait oncle Donat qui paraissait à la fois triste, fier et incertain. Elle cligna des yeux et eut l'air gauche tout à coup. Julien voulait courir vers elle, la secouer et lui crier :

— Ne regardez pas en arrière. L'important, c'est maintenant!

Mais il savait qu'elle serait furieuse contre lui et non contre oncle Donat.

D'une voix douce, elle dit finalement :

— C'est bien, Don. Dieu seul sait que j'en ai plein les

bras avec mes sept, plus le dernier qui est malade. Tout le monde a besoin d'une seconde chance. Mais n'oublie pas que je suis juste à côté. J'entends tout.

— Ne t'inquiète pas, dit oncle Donat en soufflant. Je sais comment m'occuper des enfants. Ça ira bien.

Tante Barnes suspendit le torchon au robinet, fit un petit signe de la tête avant de partir en refermant doucement la porte derrière elle.

Julien se leva d'un bond et courut à sa chambre. Il en ferma la porte sans plus de bruit qu'un soupir. Rosie était assise dans son lit, les yeux écarquillés, le chapeau enfoncé sur la tête. Julien, le doigt sur ses lèvres, la regardait, pris de panique.

— Chut! fit-il.

— Qu'est-ce qu'il va faire? chuchota Rosie.

— J'en sais rien! répondit-il.

On entendit un pas pesant dans l'escalier, un seul pas, puis ce fut le silence. Il montait lentement; une marche, puis un arrêt, une marche, puis un arrêt. Il s'arrêta finalement sur le palier. Le silence était affreux. Rosie attrapa sa couverture et la serra entre ses dents.

Les pas traversèrent doucement le passage. Le coeur de Julien battait si fort qu'il avait peine à respirer. Il se tenait près de Rosie, une main sur son épaule et l'autre sur l'oreiller de son frère Michou. Ce dernier souffla légèrement. Comment tante Barnes avait-elle pu les abandonner comme ça?

La porte s'ouvrit et oncle Donat entra dans la chambre. Ses lèvres s'étiraient sur un sourire.

— Au lit, fiston, dit-il à Julien.

Rosie serra la main de son frère avec les deux siennes et la tira jusqu'à son cou.

— Laisse-le, Rosie, dit oncle Donat tout doucement.

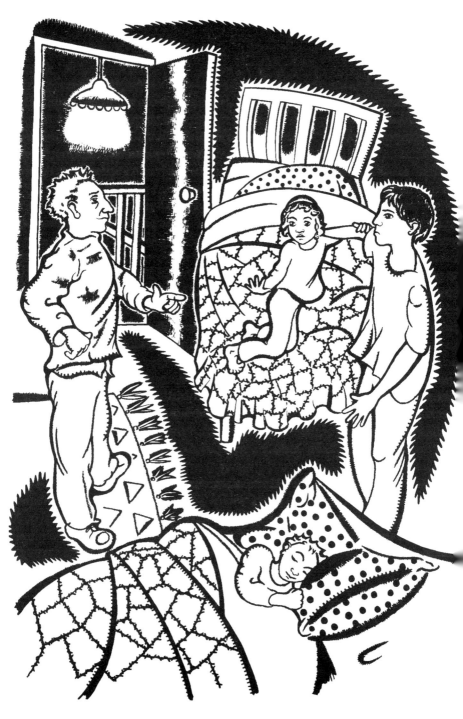

Rosie secoua la tête.

Oncle Donat s'approcha de son lit et Rosie se mit à pleurer.

— Arrête de pleurnicher! chuchota oncle Donat, pressant. Les voisins vont t'entendre!

Il attrapa les mains de Rosie dans ses gros doigts et essaya de les ouvrir. Son odeur aigre remplissait la chambre.

Laisse-la! voulait crier Julien, mais il avait trop peur de pleurer s'il le faisait.

— Je suis votre père à partir de maintenant, dit oncle Donat en approchant son visage de celui de Julien qui détourna la tête quand il sentit une odeur de whisky. Si vous faites ce que je dis, on va bien s'entendre. Maintenant, au lit, tous les deux.

Rosie se glissa entre les draps en reniflant et tira son édredon jusqu'à ses oreilles. L'estomac noué, Julien s'assit au bord de son lit, mais oncle Donat le dévisageait. Il ne restait plus trace de son sourire étrange. Ses yeux s'étaient rétrécis et il tripotait quelque chose dans sa poche, sous son chandail. Julien savait qu'il cachait là sa flasque de whisky. Il se décida à enlever son jean et glissa ses jambes sous les couvertures.

— Pas de pleurnichage! C'est le temps de dormir! dit oncle Donat en pointant vers eux un doigt menaçant. Je sais comment élever ça, des enfants. Vous allez voir.

Il sortit et ferma la porte avec fermeté.

Les yeux remplis de larmes, Rosie regardait par-dessus la couverture. Elle attendit que les pas atteignent le rez-de-chaussée.

— On doit se sauver, chuchota-t-elle. Il pourrait faire mal à Michou.

— Laisse-moi réfléchir, fit Julien en hochant la tête.

3

LA FUITE

Julien se sentait comme enfermé dans une haute tour avec le danger qui le guettait en bas. Oh! pourquoi Paul n'était-il pas là? Paul pourrait crier, lui, et hurler, frapper contre les murs, alerter bruyamment les voisins. Il pourrait jeter des objets dans l'escalier, de vieilles bottes et des oreillers, des livres, le réveil et même une plante, les jeter à la figure de leur oncle. Julien les voyait voler en pensée, la terre et les pétales, les pages déchirées, le réveil qui tictaquait encore avant de se fracasser sur le plancher.

Soudain, une vieille histoire lui revint en mémoire : il se rappela l'image d'un garçon enfermé dans le château d'un ogre. Le garçon s'était échappé en nouant ses draps qu'il avait accrochés à une minuscule fenêtre. L'ogre, c'est oncle Donat, se dit Julien. Il regarda sans grand espoir son petit frère endormi et sa soeur qui sanglotait. Leur maison n'était quand même pas aussi haute qu'un château; même s'ils tombaient, pensait-il, ils ne se feraient pas bien mal dans la terre meuble qui les attendait en bas.

— Peux-tu descendre par la fenêtre en faisant une corde avec des draps, Rosie? demanda-t-il à sa soeur.

Rosie le regarda sérieusement, les lèvres tremblantes, puis elle hocha la tête.

— Je peux faire tout ce qu'il y a à faire, répondit-elle, la gorge serrée.

Tandis que Michou ronflait doucement, Julien et Rosie défirent leur lit et nouèrent les draps ensemble. Rosie reniflait silencieusement. Julien tendait l'oreille aux bruits d'en bas et au sifflement de la bouilloire déposée sur le poêle. Aussi longtemps qu'il entendrait son oncle, il se sentirait en sécurité. Les draps étaient mous et lourds. C'était difficile, mais ils eurent bientôt trois gros noeuds. Ils tirèrent chacun de leur côté pour en vérifier la solidité.

— À quoi on pourrait les attacher? chuchota Rosie.

Ils regardèrent autour de la chambre. Il y avait quatre lits, deux armoires et une penderie branlante, un coffre en métal bleu qui contenait leurs jouets, une vieille machine à coudre garnie d'un pot de géranium, et deux chaises en bois.

— Il faudra que ce soit après la machine à coudre, dit Julien. Je sais qu'elle est assez lourde. Ça prend deux adultes pour la déplacer.

— Comment on va l'amener près de la fenêtre alors?

Julien soupira rageusement.

—On a besoin de plus de draps. Il faut réveiller Michou tout de suite au lieu d'attendre d'être prêts.

— J'espère qu'il sera tranquille.

— Moi aussi.

Julien secoua doucement l'épaule de son frère qui ouvrit aussitôt les yeux.

— Salut, dit-il en souriant.

À mi-voix, Julien tenta de lui expliquer qu'il fallait sortir par la fenêtre en s'agrippant aux draps. Michou secoua la tête.

— Maman dit de ne pas s'approcher de la fenêtre.

— Mais il le faut, maman le voudrait cette fois-ci.

— Sortons par la porte, lança Michou avec entrain.

— Non, chuchota Rosie. Oncle Donat est là.

— Je vais lui dire que nous sortons, fit Michou en se dirigeant vers la porte.

Il n'a pas peur, pensa Julien. Il ne se rappelle rien. C'est peut-être mieux comme ça. Il attrapa son frère par le bras.

— Attends… non! Il ne faut pas qu'il le sache.

— Pourquoi?

Julien et Rosie échangèrent un regard.

— J'ai bien peur qu'il soit soûl, marmonna finalement Rosie.

— Oh! fit Michou en hochant la tête.

— Sais-tu ce que ça veut dire? demanda Julien en fronçant les sourcils.

— Oui, répondit Michou. Il est comme les bouffons du cirque. Il tombe et se relève et il ne te lâche plus. Et il pue. Je vais passer par la fenêtre.

Julien pensa au petit Michou gravissant les rochers et passant par-dessus les bateaux. Ça va aller, se dit-il pour se rassurer.

Ils eurent du mal à nouer les draps, puis ils attachèrent l'un d'eux au pied ouvragé de la machine à coudre. Les draps traversaient maintenant la chambre et pendaient, atteignant presque le sol, en bas, à l'extérieur.

— Je pense que je vais passer le premier, dit nerveusement Julien, puis ce sera Michou, puis toi, Rosie.

Rosie approuva d'un signe solennel de la tête.

Julien sortit par la fenêtre à reculons. Il se sentait très haut. Le rebord s'enfonçait dans ses côtes. Il s'accrocha ferme aux draps et s'arc-bouta contre le mur de la maison. Il ne voulait plus partir. Une soudaine vision de Paul tirant le chaudron de soupe lui passa par la tête. Il ferma les yeux et prit une profonde inspiration.

— Regarde-moi bien, Michou, murmura-t-il. Tu dois y aller lentement.

Puis il se mit à descendre. La machine à coudre glissa un peu en faisant gémir le plancher. Julien leva alors des yeux ronds vers Rosie. Ils s'immobilisèrent, mais aucun bruit ne leur parvint d'en bas. Prudemment, Julien poursuivit sa descente. Les noeuds lui semblaient aussi gros que des choux, et le mur à la peinture écaillée était rugueux. Julien se demanda pourquoi le garçon de l'histoire, dans son livre d'école, avait tant de draps… il n'y avait pourtant qu'un seul lit dans l'image. Son pied frappa la terre meuble avec un bruit sourd; il s'assit, les jambes tremblantes.

Michou regardait par la fenêtre.

— Youpi! chuchota-t-il plus fort. C'est mon tour?

Sa jambe était déjà passée par-dessus le rebord.

— Attends un peu, idiot, fit Rosie en le prenant par le bras. Chut!

Michou lui tira la langue, empoigna le drap et, d'un mouvement vif, se mit à descendre. Ses pieds rebondissaient contre le mur.

— Regarde-moi! souffla-t-il joyeusement. Ahou!

Ses petites mains butèrent contre le dernier noeud qu'il lâcha; il atterrit dans la poussière, par-dessus Julien.

— Michou, veux-tu aller moins vite, s'il te plaît, marmonna Julien en s'époussetant avant de lever les yeux vers Rosie.

Cette dernière se tordait les mains, regardant le sol comme s'il était à des kilomètres plus bas.

— Je ne suis pas capable, dit-elle, c'est trop haut.

Avec son pyjama pâle et ses cheveux qui lui faisaient

une couronne duveteuse, elle avait l'air d'un ange planant dans le noir. Mais au fait, des pyjamas!

— Eh! chuchota Julien. On a besoin de nos vêtements! Jette-nous nos vêtements!

Une minute plus tard, une pluie de jeans, de chaussettes, de blouses et de chandails commença à tomber sur leur tête. Michou courait à gauche et à droite pour les attraper, puis il commença à se déshabiller. Le visage de Rosie réapparut à la fenêtre.

— Julien, je ne suis pas capable. C'est trop haut.

Julien se plaça sous la fenêtre et saisit le drap.

— Viens, dit-il. Je suis ici. Tout va bien se passer. Je viens d'avoir une bonne idée.

— Quoi?

— Viens et je te la dirai. Viens, je vais t'attraper.

Le visage de la petite fille disparut alors, puis apparurent, sur l'appui de la fenêtre, ses pieds avec des chaussettes puis ses longues jambes. Pendant qu'elle descendait lentement, Julien l'entendit marmonner à voix basse d'abord le nom de Paul, de maman, puis de Paul à nouveau. Elle glissa jusqu'en bas, avec un sanglot étouffé, puis entoura son frère de ses bras.

— Je déteste oncle Donat, dit-elle. Je le déteste.

Elle s'assit ensuite par terre et enfila son jean et ses chaussures de course.

— C'est quoi, ton idée? demanda-t-elle en se frottant le nez.

Michou s'accroupit sérieusement près d'eux.

— C'est quoi, ton idée? répéta-t-il.

— Eh bien, dit Julien on ne veut pas aller chez tante Barnes, n'est-ce pas?

— C'est sûr, rétorqua Rosie. Elle nous ramènerait à oncle Donat.

— Oui? fit Michou.

— C'est notre famille! grommela furieusement Rosie en hochant la tête.

— Écoutez, murmura Julien. Si on allait dans l'île pour retrouver papa. Là, il s'occuperait de nous!

— Papa! s'exclama Rosie, rayonnante. Mais qui va nous y conduire?

Julien fit son possible pour avoir l'air sûr de lui. Il se pencha en avant pour chuchoter :

— Noé Vimont!

— Noé Vimont! cria Rosie. Il est fou!

— Chut!

— Noé Vimont! chuchota-t-elle férocement. C'est un fou!

Le chien tacheté de Laval contourna le tas de bois. Michou le saisit et se mit à lui frotter la tête et lui tirer les oreilles.

— Salut, mon Paco, mon beau gros chien.

Soudain, une lampe s'alluma dans leur chambre et une voix se mit à les appeler. Julien sauta sur ses pieds et saisit Michou par la main.

— Venez vite! dit-il. Courez!

4

NOÉ VIMONT

Essoufflés et le coeur battant de peur et de fatigue, ils coururent à perdre haleine jusqu'au bout du village. La dernière maison, la dernière clôture se trouvaient loin derrière eux. Ils ralentirent alors le pas et s'engagèrent dans les collines rocailleuses. Les racines les faisaient trébucher, les feuilles mouillées leur fouettaient les joues et les oreilles. Souris, marmottes et lièvres s'enfuyaient dans l'herbe grasse. Julien se sentait heureux ici. C'était ouvert, avec plein de choses à voir, à sentir et à entendre. Il lui semblait être toujours plus grand quand il était dehors. Il avait même parfois l'étrange impression qu'une petite parcelle du ciel lumineux était enfouie dans sa poitrine, que quelque chose de merveilleux brillait au-dedans de lui. Quelquefois, il ne savait plus où lui-même prenait fin et où commençait le ciel. Là-haut, au bout du ciel, des milliers d'étoiles scintillaient comme des amies.

— Écoutez, dit Julien, entendez-vous les étoiles pétiller?

Ils s'arrêtèrent net.

— Je les entends, chuchota Rosie.

— Mieux que ça, dit Michou. Moi, je les entends… caqueter!

— Caqueter! gloussa Rosie. C'est les poules qui caquettent.

Michou leva le nez en l'air.

— Les étoiles sont peut-être les yeux de grosses poules de l'espace, rétorqua-t-il en continuant de marcher. Et elles caquettent! lança-t-il par-dessus son épaule.

Un sentier menait jusqu'en haut de la Grande-Côte, puis se changeait en une piste cahoteuse qui redescendait vers la rive rocheuse, à l'est du village. La cabane de Noé Vimont était perchée sur la dernière colline. De la porte avant, on pouvait voir la petite baie où son bateau de bois, le *Lucie*, était amarré. Le *Lucie* était si bien peint et si parfaitement poli que tante Barnes affirmait qu'on pouvait y manger sur le pont.

— Il doit sûrement s'ennuyer de sa femme, disait-elle en se tapotant le côté de la tête du doigt et en roulant des yeux.

Julien, Rosie et Michou trébuchaient en direction de la dernière colline sous la seule clarté des étoiles. Après ce qu'il leur sembla une éternité, ils s'arrêtèrent un moment pour se reposer, mais comme il faisait froid et humide, ils continuèrent. Julien était sûr d'avoir entendu quelque chose de plus gros qu'une marmotte se déplacer derrière eux. Pas un ours, pas un ours, pensa-t-il, se rappelant les longues griffes et le museau frétillant de son dessin. Son coeur battit plus vite, mais il ne dit rien. Rosie et Michou ne semblaient pas le moins du monde effrayés. Lorsqu'il aperçut enfin un ruban de fumée grise sortir de la cheminée de Noé et s'étirer vers le ciel, puis la petite cabane elle-même, il soupira de soulagement.

Rosie s'arrêta subitement et se croisa les bras.

— Je ne vais pas là-dedans, dit-elle.

— Tout va bien se passer, lui dit son frère aîné. On ne peut pas rester ici.

Michou commença à arracher les feuilles d'un buisson.

— Pourquoi tu ne veux pas entrer, Rosie? demanda-t-il.

— Il est fou! cria-t-elle. Il y a un fantôme là-dedans. C'est Marlène qui me l'a dit et elle le sait.

Marlène était l'amie de Rosie, et sa mère savait tout. Elle savait même des choses sur les gens que ces derniers ne savaient pas eux-mêmes.

— Il n'y a pas de fantôme, dit Julien. J'y suis déjà allé et tout était normal.

— Tu y es entré en plein jour, dit Rosie. Le soir, la berceuse bouge toute seule et on voit l'ombre de Lucie sur le mur. Marlène dit qu'on la reconnaît à son gros nez.

Julien avala de travers. C'était vrai que Lucie, la femme de Noé, était pourvue d'un gros nez. Peut-être était-elle là-dedans? À quoi peut bien ressembler un fantôme? se demanda-t-il. Pourrait-il en dessiner un, surtout un avec un gros nez?

— Si on allait regarder par la fenêtre? dit-il. Et si on voit une ombre, on se sauve.

— Tu y vas en premier, fit Rosie en frissonnant.

Michou suivit Julien.

— Est-ce que ça mord des fantômes? demanda-t-il en faisant courir ses doigts sur ses petites dents.

Une lueur jaune éclairait la fenêtre. Ils rampèrent jusque-là et, l'un après l'autre, levèrent leur tête au-dessus du rebord pour jeter un oeil à l'intérieur. Une lampe au kérosène pendait au-dessus de la table. Des ombres s'allongeaient partout, enchevêtrées et superposées. La

berceuse était immobile. Mais juste à côté, sur une petite
table couverte de dentelle, une tasse de thé fumant était
posée. Rosie manqua s'étouffer. Noé Vimont, en sous-
vêtement long, était penché au-dessus du four. Les enfants
le virent se redresser et apporter sur la table une plaque de
petits gâteaux tout chauds. Une serviette en vichy rouge et
blanc était épinglée sur le devant de son vêtement.

— Juste comme tu les aimes, ma Lucie, disait-il. Dorés
comme des couronnes et gonflés comme jamais.

— C'est comme ça que je les aime, moi aussi, murmura Michou en se léchant les lèvres.

Les yeux de Rosie s'arrondirent de stupeur.

— Il parle à un fantôme! chuchota-t-elle tout haut.
Tante Barnes avait raison : ça ne va pas bien dans sa tête.

— Ce n'est pas vrai, dit Julien. Il est différent, c'est
tout. Il est toujours seul.

Il fit le tour de la maison et frappa à la porte avant de
la pousser doucement.

— Noé, lança-t-il, est-ce que je peux entrer?

Des pas se traînèrent jusqu'à la porte et Noé les regarda. Il ressemblait à un sympathique hibou timide.

— Eh bien, eh bien, quel bon temps pour de la visite,
dit-il finalement en tendant les bras vers le ciel étoilé et les
enfants. On a justement des gâteaux et de la confiture.

Il ouvrit la porte toute grande; Michou entra vite en se
léchant les lèvres et alla s'asseoir à table. Rosie contourna Noé et alla se poster de l'autre côté de la cuisine, près
de l'évier. Julien entra le dernier et alla s'installer près de
Michou. Ils regardaient tous la berceuse. Michou prit le
plus gros gâteau.

— Eh! pas si vite, pas si vite, mon garçon, dit Noé en
lui enlevant le gâteau.

Il hocha la tête en regardant ceux qui restaient et dit :

— Maintenant tu peux choisir.

Michou prit un autre gros gâteau. Noé poussa une assiette de beurre et un pot de confiture vers lui et lui tendit un couteau.

— Venez, venez, fit-il à l'adresse de Rosie et de Julien.

Pendant qu'ils se servaient, Noé sortit de l'armoire une délicate soucoupe fleurie. Il coupa le plus gros gâteau et y étala du beurre qui se mit à fondre. Il y ajouta une cuillerée de confiture et fouilla dans le pot à la recherche d'une grosse fraise pour chaque moitié. Il déposa ensuite l'assiette sur la petite table qui flanquait la berceuse.

— C'est pour toi, ma belle, dit-il doucement en donnant une légère poussée à la chaise qui se mit à balancer.

Rosie se tassa contre Julien sur le banc. Elle enfonça son chapeau sur sa tête et Michou s'arrêta de mastiquer. Il regarda la berceuse, puis il fit lentement le tour de la pièce des yeux.

— Où est-elle? demanda-t-il.

Noé cligna des yeux avant de regarder la berceuse. Puis il mâcha pensivement son gâteau.

— Tout près, murmura-t-il. Tout près.

— Vas-tu pêcher demain matin, Noé? demanda Julien en se râclant la gorge.

— Oui, sûrement, sûrement, dès le lever du soleil.

— Pourrais-tu nous conduire au camp?

Noé réfléchit en regardant le plafond. Il essuya les miettes tombées sur sa poitrine et passa délicatement sa serviette sur sa bouche. Il se leva enfin de son banc.

— Oui, dit-il, il y a de la place pour tout le monde sur le *Lucie*.

Il les observa attentivement, puis regarda le ciel tout noir par la fenêtre.

— Où est votre maman? demanda-t-il à Julien.

Julien avala un gros morceau de gâteau sec avec lequel il s'étouffa.

— Elle a dû aller à l'hôpital avec Paul, dit Rosie. Alors, on va rejoindre papa. Il est à la pêche.

— Ah, il est donc malade, le pauvre garçon, dit Noé. Ils sauront quoi faire. Ne vous inquiétez pas, fit-il en les regardant gentiment. Puis il donna une autre poussée à la berceuse. Vous avez besoin de vous reposer, dit-il. Vous, les petits, vous allez coucher dans le grand lit. Il y a une bonne grosse douillette. Je vais vous réveiller au lever du soleil.

Il se tourna ensuite vers Julien.

— Peux-tu te coucher là, garçon? demanda-t-il en désignant un banc coussiné sous une fenêtre.

Julien hocha la tête en souriant. C'était tellement facile avec Noé.

Ils débarrassèrent la table, car Noé était très méticuleux, puis ils s'installèrent pour la nuit. Noé baissa la lampe jusqu'à ce qu'il n'y ait plus qu'une faible lueur. Tout était tranquille et doux, avec l'odeur de gâteau dans l'air et le bruit de la brise nocturne dans les buissons.

Julien s'éveilla en sursaut avant le lever du jour. Qu'y avait-il? Qu'est-ce qui n'allait pas? Mais tout était calme. Oncle Donat n'avait sûrement pas suivi leurs traces… pas la nuit, et il ignorait sans doute l'amitié qui liait Julien et Noé. Malgré ça, il s'était réveillé avec un pincement au coeur. Il pensa à sa mère, si loin d'eux. Il était plus grand qu'elle maintenant; ces derniers temps, elle devait se mettre sur la pointe des pieds pour lui caresser la joue quand elle était contente. Sa main rugueuse s'attardait toujours un moment. Julien soupira et alla aux toilettes.

Lorsqu'il en sortit, Noé était en train d'enfiler sa

chemise et sa salopette par-dessus ses sous-vêtements. Il
sauta dans ses bottes, puis passa un peigne humide dans
ses rares cheveux blancs. Finalement, il coiffa une vieille
casquette de velours côtelé verte.

— Allons-y, mon garçon, dit-il tranquillement. Réveille
les autres.

Rosie et Michou titubaient, se frottant les yeux et bâil-
lant. Ils passèrent aux toilettes, puis enfilèrent leur
chandail et mangèrent en silence les gâteaux que Noé
leur avait donnés.

Julien aida Noé à transporter son matériel sur la plage.
Ils montèrent à bord du petit canot qui les emmènerait
jusqu'au *Lucie*. L'horizon était teinté d'orange surmonté
d'or et de rose; de grands pans d'obscurité s'attardaient
derrière les collines et encerclaient le ciel. L'eau s'étirait
au loin comme du verre et les rames maniées par Noé y
laissaient des sillons bien nets. Les couleurs, les formes
et les sons imbibaient Julien comme s'il eût été une
éponge et devenaient une partie de lui : le ciel clair, les
collines sombres, le grincement des rames. Le papier et
les crayons qu'il avait laissés à la maison lui manquaient.

Le calme lui fit soudain penser à Paul; Paul qui s'amusait
à jouer sur les rochers et à lancer des pierres dans l'eau.
Paul qui était une des personnes les plus bruyantes qui
soient. Même quand il dormait, il paraissait occupé. Julien
se demanda vraiment s'il aurait pu le faire descendre de
cette chaise à temps. Paul l'aurait sûrement frappé et
Julien n'aimait pas se battre. Les coups de poing, le sang,
tout cela le mettait mal à l'aise. Il se tenait toujours en
arrière. Mais, en ce moment, même la bataille lui aurait
semblé préférable, tout ce qui pouvait ramener les choses
en arrière, comme avant. Ses yeux se remplirent de
larmes.

— C'est bon, mesdames et messieurs, embarquez, embarquez, dit Noé lorsque le canot heurta le *Lucie*.

Il aida Michou en le poussant, puis tendit galamment la main à Rosie. Julien attacha la corde du canot au flotteur en plastique, remonta l'ancre du *Lucie* pendant que Noé grimpait à bord avec tout son matériel et fit démarrer son moteur. Le pout-pout familier sortit de dessous le pont vert. Noé empoigna la barre et la proue du *Lucie* se mit à tourner gracieusement. Ils étaient partis.

5

L'ÎLE DE L'HOMME MORT

La petite cabane jaune avec sa porte rose se tenait dans une baie tranquille. Des buissons de bleuets couvraient les collines ondulées où se dressaient ici et là des bouquets de pins noueux et rabougris. Un vieil hangar gris était installé sur une étendue de sable, derrière le camp. Sur la plage, un quai en bois délabré était bien près de tomber dans la baie, et un petit abri à trois côtés servant à nettoyer et à saler le poisson était monté sur une plate-forme au bord de l'eau. Le bateau de leur père n'était pas là, mais Julien était certain qu'il reviendrait sous peu. Là, il pourrait s'occuper d'eux et Julien n'aurait plus rien à décider. Tout irait donc bien. Ils n'avaient qu'à attendre leur père, dit-il à Noé.

Noé attacha le *Lucie* au quai et accompagna les enfants jusqu'au camp. Le cadenas était sur la porte. Noé secoua la tête.

— Je ne sais pas, dit-il. Je ne sais vraiment pas ce que cela signifie.

Effectivement, les gens ne mettaient habituellement

pas le cadenas sur la porte s'ils partaient juste pour la journée.

— Il est très prudent, dit Julien. On a entendu parler d'un cambriolage un peu plus loin, l'an dernier.

— Ah! fit Noé. Voilà! Nous y sommes.

Il souleva Michou jusqu'à la minuscule fenêtre près de la porte et lui demanda :

— Peux-tu l'atteindre, fiston?

Michou donna un coup de poing dans la fenêtre qui s'ouvrit et il grimpa sur le rebord.

— La clé de secours est dans le pot de farine, lui cria Julien.

Michou réapparut à la fenêtre, de la farine plein les mains et le visage, et la clé accrochée à un cheval en plastique vert, entre les doigts. Julien ouvrit le cadenas et ils entrèrent tous. Leur père était passé récemment. Le plancher avait été balayé et deux trappes à souris avec du beurre d'arachide avaient été placées par terre dans l'intention d'attraper les rongeurs de l'hiver dernier. Son vieux chandail brun était suspendu à un crochet.

— Je parie qu'il sera bientôt de retour. Il doit pêcher, dit Julien en souriant.

— Oui, ça doit être ça, dit Noé. Et ta mère, quand est-ce qu'elle revient?

Julien fixa le plancher en repoussant un peu de farine du bout du pied. Une vision de Paul blanc et immobile traversa son esprit et il cligna des yeux.

— Elle reviendra bientôt, dit Rosie. D'une minute à l'autre.

Noé les regarda l'un après l'autre lentement. Il ôta sa casquette, se gratta le crâne d'un doigt et remit sa casquette.

— C'est parfait, donc, dit-il. Vous êtes bien ici. Dites bonjour à votre père de ma part. Avez-vous quelque chose à manger en attendant?

Julien ouvrit l'armoire et montra une réserve de boîtes de conserve.

— Je peux aussi pêcher, dit-il.

— Eh bien, sans doute votre père vous rapportera-t-il du poisson.

— Il va nous rapporter de la truite, dit Michou en lui souriant.

Noé hocha la tête avant de se diriger vers la porte.

— Ça alors, dit-il. Je vais quand même vous donner des gâteaux.

Ils se tinrent au bout du quai pour le regarder partir. Noé mit la main à sa casquette et fit un clin d'oeil au moment où le *Lucie* tournait et s'éloignait lentement de la baie. Le calme les recouvrit comme un manteau. Dans les collines, une petite brise chuchotait dans les buissons. De fines rides chassaient un petit groupe de bécasseaux qui avançaient et reculaient parmi les galets de la plage, leurs pattes pointues aussi silencieuses que des plumes. Michou se gratta l'oreille et ce bruit rompit le calme.

Soudain, Rosie se secoua, tourna comme une ballerine et jeta son chapeau dans les airs.

— Youpi! cria-t-elle. Ahou! On est arrivés! On est libres!

Elle partit bruyamment le long du quai et courut vers le camp, les bras tendus, jouant à l'avion. Arrivée à la porte, elle se tourna et leur tira la langue avant de disparaître à l'intérieur.

Michou et Julien la suivirent en riant. Ils l'entendirent, à l'intérieur, sauter sur les lits du deuxième et crier à tue-tête. Michou monta derrière elle, frappant du pied à chaque marche et cognant le mur de ses poings.

Julien contempla la baie tranquille par la fenêtre. Le ciel était d'un beau bleu et les nuages tout ronds tachaient de sombre les collines et l'eau. Il prit du papier et un crayon dans un tiroir et s'assit sur le pas de la porte. Son père reviendrait peut-être pour le dîner. Il commença à dessiner son bateau qui avançait, un grand V s'étirant à l'arrière. Fier et droit, son père se tenait à la barre. Mais il voudrait tout savoir sur Paul. «Où est ton frère?» demanderait-il en regardant autour de lui. Paul était rarement tranquille. Mais il aurait peut-être déjà entendu parler de l'accident; peut-être dirait-il : «Tu es l'aîné, tu aurais dû le surveiller un peu mieux!» Son père était gentil, mais il pourrait aussi se fâcher. Julien dessina son père avec des yeux déçus et une bouche aux commissures tirées vers le bas. Il imagina ses yeux le dévisageant. «Tu aurais dû mieux le surveiller», disait la bouche. «Cesse de rêvasser!» lui répétait tout le monde.

Julien examina son dessin un moment, les jambes nerveusement agitées, puis il se leva et mit sa feuille de côté. Il appela Rosie et Michou qui arrivèrent en galopant, les joues rouges et les yeux brillants. Julien commença à parler avant qu'ils se mettent encore à crier.

— Voulez-vous faire un tour en chaloupe?

— Oui, allons-y! cria Michou.

— Où irons-nous? demanda Rosie.

Julien haussa les épaules. Juste un petit moment, pensa-t-il.

— Allons à l'île de l'Homme mort, reprit Rosie.

Michou se mit à trépigner, mais Julien fit une grimace.

— Je ne sais pas, dit-il.

Il n'aimait pas penser à des morts en ce moment. Et l'île de l'Homme mort lui donnait toujours le frisson.

— Allez, viens, fit Rosie, ce sera amusant. On pourra

grimper sur les rochers et regarder les nids. Aurais-tu peur? ajouta-t-elle plus bas.

— Non, répliqua Julien.

— Oui, oui, tu as peur, chantonna Rosie. Julien est un peureux, Julien est un peureux.

Et elle se mit à danser autour de la pièce, vite imitée par Michou.

— Oh, la ferme! lança Julien. Venez. Allons-y.

Ils ramassèrent les gâteaux que leur avait laissés Noé et prirent dans la dépense une boîte de thon et une boîte d'ananas. Michou grimpa sur une chaise et remplit d'eau une bouteille en plastique. Puis il disparut dans la petite salle de bains, une petite pièce contenant un seau couvert—c'était la toilette—, des impers usagés et une étagère poussiéreuse garnie de vieux livres et de magazines. En sortant, il alla se laver les mains dans une bassine blanche émaillée posée sur une petite table carrée à côté de la porte des toilettes.

—Allons-y, dit-il en fermant son pantalon.

La chaloupe était renversée sur son lit de bois. Ils ôtèrent la bâche qui la recouvrait et, joignant leurs forces, tirèrent l'embarcation sur les pierres et la remirent à l'endroit. Les pierres roulèrent lorsqu'ils la traînèrent jusqu'à la plage, mais la chaloupe glissa bientôt dans l'eau. Rosie et Michou sautèrent dedans et Julien poussa, un pied dans le bateau et l'autre sur la plage. Il s'installa ensuite sur le banc du milieu et, plaçant les rames dans leur dame, il se mit à ramer.

L'île de l'Homme mort était située non loin de là, passé la pointe, derrière deux îles plus petites de l'autre côté d'une bande d'eau. C'était une terre déserte couverte de rochers et d'herbes frémissantes, avec des massifs de buissons ici et là. En quelques minutes, on pouvait courir de la plage sablonneuse d'un côté à la plage rocheuse de l'autre. Il y avait bien longtemps, les Inuit et les Montagnais y avaient mené une de leurs dernières et plus féroces batailles, chaque groupe réclamant la propriété du territoire. Les Montagnais avaient gagné, mais plusieurs hommes des deux camps étaient morts. Des tumulus de pierres recouvraient les petites plages; la plupart s'étaient écroulés et les os avaient été volés. En haut, sur les falaises en saillie, de gros corbeaux noirs y avaient construit leurs nids de branchages; Julien trouvait que les oiseaux ressemblaient à de petites sorcières tournant en rond et caquetant au-dessus de l'ancien champ de bataille.

Ils traversèrent l'eau qui étincelait au soleil, Julien ramant avec acharnement alors que le courant du détroit devenait plus fort. Michou soupira en regardant la plage silencieuse.

— J'aimerais que Paul soit ici, dit-il tranquillement.

C'était un des endroits favoris de Paul. Il y courait jusqu'aux plus hautes collines et se penchait au-dessus des falaises pour crier aux corneilles, ou il dansait à travers les champs d'herbes sauvages en poussant des cris de guerre comme le faisaient les Indiens, croyait-il.

— Eh bien, il n'est pas ici, dit Julien lorsque la chaloupe buta contre le fond sablonneux. Essaie de ne pas y penser.

Ils hissèrent le bateau sur les pierres.

— Cachons-le dans les buissons, proposa Julien.

— Pourquoi? demanda Rosie en le regardant, décontenancée. Tu ne crois pas…? commença-t-elle. D'accord, dit-elle en voyant Julien hausser les épaules.

Ils tirèrent, puis firent glisser la lourde embarcation sur le sable jusque dans un fourré de buissons vert foncé. De hautes herbes argentées faisaient comme un pointillé sur la plage.

— On ne la voit même plus, dit Rosie.

— On voit juste nos pas, commenta Michou.

Julien attrapa une branche morte garnie de quelques feuilles blanchies.

— Je sais comment arranger ça, dit-il. Je l'ai vu dans un film.

Il s'éloigna des buissons à reculons, effaçant leurs empreintes en marchant. C'était le genre de choses qu'aurait faites Paul.

— Je meurs de faim, dit Michou.

Ils s'installèrent confortablement sur des pierres plates et ouvrirent un petit sac de nourriture. Le soleil réchauffait leur visage. De minuscules mouches volaient à ras de terre et les corneilles s'élançaient des falaises. Ils dévorèrent les gâteaux fourrés de thon et le goût salé de la brise semblait pénétrer dans leur bouche. Julien ouvrit la boîte d'ananas et la tendit à Michou avec une cuiller. Rosie leva la main.

— Et moi?

— Tu es la prochaine.

— Hé! Regardez! fit Rosie en pointant du doigt le bout de l'anse. Qu'est-ce que c'est? Un bateau?

Elle commença à se lever, mais un soudain sentiment d'urgence serra l'estomac de Julien qui attrapa son bras.

— Mais c'est papa, dit-elle. Il arrive.

Elle tenta de libérer son bras pour se lever.

— Lâche-moi!

Julien saisit Michou par la cheville et tint Rosie encore plus serré.

— Ça ne ressemble pas au bateau de papa. Regarde. Regarde donc!

Rosie et Michou arrêtèrent de se battre et fixèrent l'horizon.

— C'est qui alors? demanda Michou en plongeant la cuiller dans la boîte de conserve et en fourrant un gros morceau d'ananas dans sa bouche.

— C'est peut-être Noé qui revient avec du poisson pour nous, dit Rosie. Il est bien gentil.

Julien ne lâchait pas le bateau des yeux. Face au soleil, il croyait voir deux silhouettes.

— Je pense qu'on devrait aller se cacher, dit-il tranquillement.

Michou et Rosie se tournèrent subitement vers lui; Michou cessa de mastiquer et observa le bateau.

— Ce n'est pas papa? demanda-t-il en regardant Julien. Je veux que ce soit papa.

— Non, dit Julien, ce n'est pas lui. Je pense que c'est oncle Donat.

6

LA CACHETTE

Rosie poussa un cri en se levant. Elle rangea boîtes et biscuits dans le sac. Michou se mit sur un genou et protégea son visage du soleil. Il avait déjà vu ça dans un film de cow-boy qui passait au sous-sol de l'église.

— Restez à terre, les amis, marmonna-t-il mystérieusement.

— Venez, dit Julien.

Tels des crabes, ils rampèrent derrière les gros rochers et les tumulus, pendant que Julien passait la branche morte derrière eux pour effacer leurs traces; ils escaladèrent ensuite une colline dissimulée par une arête rocheuse. Ils étaient essoufflés et ne cessaient de regarder derrière eux, par-dessus leur épaule. L'herbe était glissante et la colline semblait plus grosse que jamais. Les bruits de l'embarcation se rapprochaient de plus en plus, emplissant l'air. Les corbeaux et les mouettes se dispersaient dans le ciel en s'égosillant.

— J'ai peur, dit Rosie. J'ai peur. Qu'est-ce qu'on fait s'il nous voit?

— Tais-toi et avance! dit Julien.

La colère enflait en lui comme une vague; colère contre oncle Donat; colère contre son père et sa mère, absents; colère même contre son frère Paul, qui s'était blessé. Pourquoi avait-il été si stupide? pensa-t-il en grimpant furieusement la côte. En haut, des herbes rudes et des branchages ressemblaient à la chevelure d'un géant et une saillie rocheuse bordait le bord de la falaise. Le chapeau enfoncé jusqu'aux sourcils, Rosie prit les devants en rampant le long de l'éperon rocheux.

— Hé, attention à tes pieds, grommela Michou qui la suivait.

— Toi, attention à ta figure, répondit vivement Rosie.

Elle atteignit l'ouverture d'une petite caverne qu'ils avaient découverte deux ans auparavant, et y entra. Puis, ce fut le tour de Michou, bon dernier, car la montée avait été longue. Il pénétra dans la caverne, comme un phoque plonge dans un trou creusé dans la glace, et s'étendit sur le sol de pierre en soufflant. Julien, lui, restait près de l'entrée, surveillant ce qui se passait au dehors en tripotant des cailloux avec ressentiment. La peur était toujours là, au creux de son estomac, ce qui le rendait furieux, car cette colère l'effrayait.

Les mouettes piaillaient et plongeaient; le soleil avait réchauffé les rochers qui projetaient de grandes ombres de velours noir à travers le pré, au pied de la colline. Julien baissa la tête derrière les herbes frémissantes de l'entrée de la caverne et attendit.

— Pourquoi est-ce qu'il ne nous laisse pas tranquilles? marmonna Rosie.

— Peut-être que Paul est revenu à la maison, dit Michou. Il vient peut-être nous avertir. On devrait aller le lui demander.

Rosie le dévisagea sans y croire. Elle tournait et retournait son chapeau entre ses mains.

— Tais-toi, dit Julien. Plus un mot. Ils arrivent.

Quelque chose en lui appelait Paul—Reviens à la maison! Reviens chez nous! Mais tout ce qu'il réussissait à voir, c'était Paul, couché et immobile, et leur mère, une main sur son front.

Oncle Donat surgit dans le pré rocailleux, suivi de son ami, Gaétan McNair, un grand roux dégingandé au sourire idiot. Oncle Donat se frotta pensivement le menton, regardant autour de lui, puis il désigna la plage. Gaétan hocha la tête, remonta son pantalon et se dirigea dans la direction indiquée. Oncle Donat traversa le pré vers la colline. Julien se tapit dans la caverne.

Oncle Donat cria leurs noms une ou deux fois en avançant :

—Julien! Rosie!

Il ne se rappelle même pas le nom de Michou, pensa Julien, furieux. La voix parvenait jusqu'à l'entrée de la caverne, puis se dispersait dans le vent. Julien aurait voulu se lever et courir, ou lancer des pierres, faire n'importe quoi de fort et de violent, mais il restait là, étendu sur le ventre, les mains, les coudes et la joue pressés contre le sol sablonneux. Derrière lui, Michou et Rosie respiraient nerveusement. Michou fit à un moment bouger son pied dans les gravillons, mais Julien le rabroua et il se calma.

C'est alors qu'un cri résonna juste sous la saillie :

— Attends là! Ils doivent être ici!

C'est oncle Donat qui avait dû s'adresser à Gaétan. Rosie enfonça son chapeau sur son visage. Tous les trois pressaient leur front contre le sol de la caverne; ils ne bougeaient pas plus que des pierres, mais leur respiration

était perceptible. Leurs oreilles tentaient d'ignorer le bruit du vent et les cris d'oiseaux pour ne se concentrer que sur les bruits de pas d'oncle Donat.

Là! Il était là! Un bruit s'approchait : un grognement et une botte, puis l'autre, grattèrent la saillie. Pendant un moment, ce fut le silence, puis les pas se rapprochèrent encore, étonnamment tranquilles.

Julien leva les yeux : les jambes d'oncle Donat passaient lentement, comme une ombre, devant les branches et les herbes qui gardaient l'entrée de la caverne. Ils entendirent un petit bruit métallique, tic, tic, tic. Puis les bruits s'estompèrent lorsqu'il s'éloigna sur le promontoire.

Julien ferma les yeux et y pressa le bout de ses doigts. Mais l'image du visage et des épaules d'oncle Donat se penchant dans l'entrée de la caverne s'imposait inlassablement, un visage blême qui riait dans le noir. Il ouvrit les yeux et les pas revinrent, tout doucement le long de la saillie… et le même bruit, tic, tic, tic. C'est son ongle qui frappe contre la flasque de wisky dans sa poche, pensa Julien. Dans le noir, les yeux de Michou brillèrent, ronds et clairs comme des billes.

Il y eut alors un bruit de pas précipités et de pierres qui roulent puis des bruits sourds. Oncle Donat avait grimpé au sommet de la colline et criait en lançant des roches. Julien se sourit presque à lui-même. Pour une fois, il sut comment se sentait son oncle. Les roches bondissaient et ricochaient, les toutes petites pas plus grosses que des petits pois et les grosses, de la taille d'un oeuf de cane. Alarmés, les oiseaux poussaient des cris rauques et un appel de Gaétan leur fit écho :

— Qu'est-ce que tu fais?

La pluie de pierres s'arrêta subitement et la voix éraillée d'oncle Donat tonna juste au-dessus de leur tête.

— Où est-ce qu'ils peuvent bien être? Ils devraient être à la maison avec moi! Qu'est-ce qu'Émile va dire?

— Descends! cria Gaétan.

Il y eut un long silence, une sensation d'attente, comme quand on est chez le dentiste. Puis des frottements de bottes et des grognements leur apprirent qu'oncle Donat était redescendu sur le promontoire, et qu'il avait sauté dans l'herbe. Ses pieds faisaient tap, tap, quand il descendait la colline au galop. Julien imagina le grand chandail se gonflant à chaque saut, et les bras s'agitant lourdement. Il se glissa en avant et jeta un coup d'oeil à travers les herbes.

Oncle Donat avait atteint le pied de la colline et parlait avec Gaétan. D'une main il tenait sa tuque et de l'autre il caressait le sommet de son crâne, tentant inutilement de dompter ses cheveux raides. Il se tourna lentement et regarda autour de lui, en haut et en bas. Julien sentit ses petits yeux perçants passer sur l'entrée de la caverne. Il ferma alors les yeux et se glissa en arrière.

Lorsqu'il regarda de nouveau, la lumière éclaboussait la flasque qu'oncle Donat portait à ses lèvres. Ce dernier agitait la tête comme un oiseau, déglutissant, puis reprenant une autre gorgée, avant de passer la flasque à Gaétan. Il s'essuya la bouche d'un revers de la manche et remit sa tuque avec un mouvement d'humeur. Puis il leva le bras en l'air en montrant le poing.

— OÙ… ÊTES… VOUS? ânonna-t-il.

Les mots rebondissaient sur les rochers et les oiseaux s'égaillaient dans le ciel en poussant des cris.

Gaétan mit une main sur l'épaule d'oncle Donat et lui dit quelque chose. Oncle Donat fit un autre tour sur lui-même, scrutant les alentours, puis il traversa le pré en direction de son bateau. Gaétan le suivit.

— Qu'est-ce qu'on fait, maintenant? chuchota Rosie.

— Je ne sais pas, marmonna Julien. C'était ton idée de venir ici. C'est à toi de décider maintenant.

Semblable à un chiot fatigué, Michou s'était endormi à même le sol tout froid. Ils le regardèrent tous les deux.

— Y manquait plus que ça! fit Julien, dégoûté.

Lorsqu'il entendit le moteur du bateau d'oncle Donat, il rampa à l'extérieur, sur la saillie. S'il se mettait debout et attendait un peu, il verrait le bateau quitter la petite baie. Finalement, une forme ronronnante apparut sur l'eau scintillante, une simple embarcation avec un mince V comme une marque au crayon coulant de la quille.

Julien soupira. Il voulait être seul. En s'aidant avec des poignées d'herbes, il se hissa jusqu'au sommet et se laissa tomber sur le ventre. Puis il roula sur le dos. Les herbes dansaient et chuchotaient autour de ses oreilles. Le ciel était si net, si bleu et si lointain qu'il en avait mal à la gorge. Sa clarté et son immensité semblaient descendre en lui. Des larmes se mirent à ruisseler sur ses joues. Il y eut alors un bruissement et Rosie apparut à ses côtés.

— Qu'est-ce que t'as? demanda-t-elle.

Julien détourna la tête et s'essuya les yeux sur sa manche.

— Hé! fit Rosie en lui poussant la jambe du pied. Qu'est-ce qu'il y a? Est-ce qu'on redescend?

Julien s'assit et la dévisagea.

— Pourquoi est-ce que je devrais le savoir? fit-il en repoussant son pied de ses deux mains. Je ne sais pas tout, tu sais!

— Ça, c'est vrai, cria Rosie.

Elle jeta son chapeau par terre et poussa fortement l'épaule de Julien. Ce dernier l'écarta. Elle tomba, mais se remit vite sur pied et sauta sur son frère. Ils roulèrent tous les deux dans les herbes, essoufflés, en se rouant de coups.

— Espèce… de cerveau… de méné! souffla Rosie.

— Pas vrai, grogna Julien. Et toi, espèce de bébé à sa maman avec ton chapeau!

Rosie le frappa au genou avec son talon.

— Ne ris pas de mon chapeau! hurla-t-elle.

Ils culbutèrent et basculèrent, se battant jusqu'à ce qu'ils roulent et s'arrêtent brusquement, le regard dirigé vers le bas de la colline. Là, le visage tacheté de Michou les dévisageait.

— Eh! Est-ce que je peux jouer? demanda-t-il en tapant dans ses mains.

Rapide comme un chat, il grimpa au sommet de la colline et sauta sur eux.

— Youpi! cria-t-il.

— Non, Michou, attends une minute, non!

Ils essayaient de s'échapper.

— C'est pas juste, se plaignit-il, bougez pas que je saute avec vous.

Rosie éclata de rire. Elle courut vers son frère et le chatouilla; ils roulèrent tous les deux dans les herbes en criant. Rosie lui chuchota quelque chose à l'oreille et ils se tournèrent tous deux vers Julien qui essayait de se relever; mais ils furent plus rapides que lui. Finalement, fatigués et secoués de rires, ils s'étendirent sur le dos et regardèrent passer les nuages effilochés.

— Je pense qu'on devrait rentrer avant qu'il fasse noir, dit finalement Julien.

— Et si oncle Donat est là? dit Rosie.

—Je ne sais pas. Peut-être que papa y sera aussi. Je pense que si nous nous arrêtons à la pointe, on verra au moins si le bateau d'oncle Donat est amarré. De toute façon, il ira souper chez Mme Maurice. On dit qu'on peut régler l'heure sur celle de son souper.

— Son bateau est rapide, dit Michou.

— Je sais, fit Julien en soupirant. Venez, ajouta-t-il en se mettant debout. Le dernier en bas est une patate pourrie.

7

ONCLE DONAT PRIS AU PIÈGE

Ils s'en revinrent sans un mot. Les sternes et les mouettes traversaient le couchant mauve, en route pour un abri, et un groupe de bécasseaux s'envola vers une plage plus sûre. Les rames fendaient régulièrement l'eau noire.

— On est si petits, dit Michou, en regardant la voûte du ciel.

— Comme des insectes, dit Julien en lui souriant.

Rendus à la pointe, ils pagayèrent vers la grève sur laquelle ils tirèrent le bateau. Ils rampèrent le long des rochers et regardèrent autour d'eux. Devant la petite cabane, la baie s'étalait, calme et vide. Mais, même à cette distance, ils pouvaient apercevoir un bout de papier blanc qui claquait au vent sur la porte rose. Rosie fronça les sourcils. Elle appuya son dos contre les rochers et attrapa les attaches de son chapeau.

— Je veux voir maman, dit-elle les larmes aux yeux. Je veux retourner à la maison.

— Moi, j'ai faim, dit Michou.

— Allons manger du ragoût, dit Julien. Je sais qu'il y en a dans l'armoire.

Il se dirigea alors vers le bateau, suivi de Michou.

— Qu'est-ce que c'est, cette chose blanche? lui cria Rosie.

— Un mouchoir de sorcière, lança Julien par-dessus son épaule.

— Les sorcières n'ont pas de mouchoir, dit Michou en riant. Elles ont la morve au nez.

Rosie restait immobile contre le roc.

— Qu'est-ce que c'est? cria-t-elle.

— C'est un morceau de papier et tu le sais comme moi, lança Julien. Maintenant, viens!

— C'est peut-être de papa, dit Rosie en marchant. Il devrait être revenu. Où est-ce qu'il est?

Julien repoussa le bateau sur le gravier et ils sautèrent dedans. Ils n'étaient pas loin du quai. Julien attacha le bateau pendant que Rosie courait devant et arrachait la note de la porte.

— Qu'est-ce que ça dit? cria Julien.

Rosie revint vers eux et tendit le papier défraîchi à Julien.

«Émile, était-il écrit, tes enfants ont disparu. Mais ne t'inquiète pas. Tu peux compter sur moi pour les retrouver. Donat.»

— Je pense qu'ils vont revenir, dit Julien.

— Quand? demanda Rosie, en le dévisageant.

— Eh bien, commença lentement Julien, comme ils étaient ici aujourd'hui, ils chercheront peut-être ailleurs demain.

— En es-tu sûr? demanda Rosie.

— Non, comment est-ce que je peux en être sûr?

— De toute façon, on peut se cacher dans la cave, dit Michou. Je n'ai pas peur de ces épouvantails, ajouta-t-il en se dirigeant vers le camp.

Rosie et Julien se regardèrent en fronçant les sourcils.

— Venez, dit Julien. Allons souper.

Ils retrouvèrent Michou à la table de la cuisine; il tentait d'ouvrir un pot de viande que sa mère avait mis en conserve. Julien tourna l'anneau rouillé jusqu'à ce qu'il cède. Le couvercle de verre se souleva avec un bruit de succion. Il tendit le pot à Michou qui en versa le contenu dans une petite casserole. Puis Michou et Rosie se tinrent en retrait pendant que Julien allumait prudemment le feu. Sa mère lui avait déjà montré comment faire.

— Parce que c'est toi l'aîné, lui avait-elle confié, et que j'ai besoin de ton aide.

Ils soupèrent, lavèrent leurs bols et s'assirent sur la marche pour observer des bécasseaux qui détalaient à la vue des vagues moutonneuses.

— Penses-tu que Paul va bien maintenant? chuchota Rosie.

— Je ne sais pas, répondit Julien. Je ne le pense pas.

Rosie se leva.

— Eh bien, je vais me coucher, dit-elle, et prier comme le fait soeur Gabrielle. Venez, vous feriez mieux de faire la même chose.

— D'accord, dit Michou en sautant sur ses pieds. J'aime prier.

— Je vais rester ici un peu, dit Julien. Je monterai bientôt.

Une fois que son frère et sa soeur furent montés, il prit crayon et papier et alluma la lampe à kérosène sur la table. Il commença à dessiner la plage rocailleuse de l'île de l'Homme mort, avec un tumulus d'un côté, et illustra à grands traits les herbes emmêlées. Les pierres étaient difficiles à dessiner, aussi tourna-t-il sa feuille pour esquisser un groupe de sorcières munies de gros nez qui flottaient dans la brise et regardaient en bas. Cela le fit sourire. Avant de ranger son dessin, il fit un petit portrait de Paul qui lançait une pierre à une mouette et il écrivit en bas, en toutes petites lettres : «Mon Dieu, s'il te plaît, guéris vite Paul. S'il te plaît.»

Ils s'éveillèrent tard le matin suivant; la journée était resplendissante, l'air doux et chaud comme du duvet. Julien ouvrit une boîte de salade de fruits et Rosie en trouva une autre remplie de biscuits secs.

— Il faudrait que je fasse du pain, dit-elle.

— Est-ce qu'il reste de la farine? demanda Julien.

— Maman en a mis dans la huche de la chambre froide, répondit Rosie.

— Je ne vais pas là-dedans, fit Michou en frissonnant, c'est plein de grosses araignées velues.

— Ne sois pas si peureux, bébé, fit Rosie, importante. Qui peut avoir peur de quelques araignées?

— Moi, dit Michou.

— Viens avec moi, lui dit son frère. Je vais aller pêcher quelques truites.

Cela, il savait bien le faire. Il pêchait avec son père depuis l'âge de quatre ans.

Pendant que Rosie enfilait le tablier de sa mère et mesurait eau, levure, sucre et farine dans un grand bol en plastique rouge, Michou et Julien, dans leur embarcation, donnaient quelques coups de rames et se laissaient flotter, surveillant patiemment leurs lignes appâtées. Ils dérivèrent lentement pendant un bon moment, sans qu'aucun poisson ne morde. Le soleil poursuivit sa course, mais rien au bout de leur ligne. Michou, fatigué, se coucha dans le bateau, les yeux clignant sous la lumière.

Finalement, un coup rapide secoua une ligne, puis l'autre. Ils sortirent alors de l'eau deux truites, une grosse et une autre, plus petite, qui donnaient des coups de queue dans le fond du bateau. Julien les assomma avec une pierre. Une fois sur la plage, Michou courut chercher le couteau de chasse dans la cabane; prudemment, Julien trancha les têtes, ouvrit les poissons à partir de la queue jusqu'en haut, puis jeta les viscères à l'eau. Quelques mouettes qui tournaient en criant s'abattirent dans les flots pour le festin. Julien gratta les écailles avec la lame et lava ensuite les poissons dans la baie.

— Va chercher la petite marmite, Michou, dit-il alors. Je vais la remplir.

Une fois les poissons bien nettoyés et le bateau amarré, ils emportèrent la marmite dans le camp. Le pain de Rosie, dont l'odeur alléchante imprégnait tous les recoins, trônait en trois piles sur la table.

— Si au moins on avait du beurre, dit Rosie.

Julien jeta une pleine poignée de gros sel dans la marmite et mit le couvercle.

— Ne vous approchez pas de cette eau-là, lança-t-il.

— On le sait, dit Rosie.

Michou hocha sérieusement la tête et recula jusqu'au mur. Julien coupa chaque poisson en morceaux avant de le jeter dans la marmite.

Peu après, ils étaient assis tous les trois, silencieux, mangeant poisson et tranches de bon pain blanc.

— J'ai jamais si bien mangé, dit Michou en se frottant l'estomac.

— Allons voir s'il n'y aurait pas des mûres à cueillir, dit Rosie. On pourrait faire de la gelée.

Dans les petites collines, derrière la cabane, ils fouillèrent paresseusement, comme de gros oursons fatigués, les buissons de mûres blanches à cuire. Les mouches étaient étourdissantes et les papillons jaunes se reposaient sur les buissons de bleuets; le soleil tapait dur.

— Les bleuets ne sont pas encore prêts, dit Rosie. Je ne vois aucune mûres non plus.

Ils s'étendirent dans l'herbe et mâchouillèrent des brins d'herbe. Du sol et des buissons montait une forte odeur de verdure moisie.

— J'aurais dû apporter ma poupée, murmura Rosie en enroulant une mèche de cheveux autour de son doigt.

Un bourdonnement léger se fit entendre.

— Un bourdon, dit Michou en ouvrant un oeil.

Le son enfla, devint un bruit de moteur venant de la baie. Soudain, Rosie s'assit.

— C'est oncle Donat! cria-t-elle, frénétique. Je sais que c'est lui. Qu'est-ce qu'on va faire? Où est mon chapeau?

Julien lui attrapa le bras.

— Reste là, dit-il. Il ne peut pas nous voir si on reste sous les buissons.

Ils rampèrent un peu plus à l'abri.

— Oh! fit Michou.

— Et s'il prend mon pain? chuchota Rosie. Où as-tu mis le couteau à pain? demanda-t-elle à Julien.

Julien ouvrit les yeux très grands.

— Ne sois pas ridicule, dit-il finalement, sans pouvoir empêcher la crainte de s'insinuer en lui comme un malaise.

Le moteur s'arrêta et le bateau buta contre le quai avec un bruit sourd. Ils entendirent des pas lourds marteler les planches. La porte rose claqua. Une fois à l'intérieur, oncle Donat cria leurs noms, attendit, puis appela de nouveau. Il sait que nous sommes là, pensa Julien; il suffit de voir la vaisselle sale dans l'évier. Oncle Donat sortit enfin dehors.

Regardant à travers les épais buissons, ils le virent se tenir immobile sur la hauteur, près du camp, sa tuque pendant comme une vieille chaussette, son chandail usé descendant jusqu'aux genoux. Il glissa la main dans le côté de sa botte de caoutchouc et en retira la vieille flasque ternie dont il prit une lampée. Il doit avoir un trou dans sa poche, pensa Julien.

— Maintenant, venez ici, je vous dis, cria-t-il. Je suis votre oncle… Je veux vous aider…

Il regarda autour de lui en se frottant le nez du revers de la main. Son regard s'arrêta sur le vieux hangar où on rangeait les bâches, les outils et les cages à homards. Il replaça le flacon dans sa botte et repoussa sa tuque en arrière. Presque au ralenti, il s'avança sur la pointe des pieds vers le hangar. Il posa doucement la main sur la poignée; puis, en poussant un cri et en sautant, il l'ouvrit toute grande. Michou pressa son front dans la terre en ricanant.

— Tais-toi, chuchota furieusement Rosie. S'il nous trouve, mon petit…

Oncle Donat avait disparu dans le hangar. Ils l'entendirent frapper, bousculer les cages, se parler tout seul avec colère. Un objet de métal frappa le mur. Puis, les bruits s'arrêtèrent soudain.

— Il sort, haleta Rosie. Ne bougez pas.

Mais il ne sortit pas. Ils l'attendirent en battant des paupières, cachés sous les buissons piquants. Il ne sortait pas.

— Qu'est-ce qui se passe? dit Julien se parlant à lui-même. Je pense que quelqu'un devrait aller voir.

— C'est probablement un piège, dit Michou.

— Penses-tu? demanda sérieusement Julien à Michou qui hocha la tête.

Julien décida d'attendre encore un peu, mais rien ne se fit entendre. Un peu plus tard, il haussa la tête au-dessus des buissons. Toujours rien. Il se leva alors, courut précipitamment vers le hangar en se cachant dans les fourrés où il pouvait toujours se baisser vivement si c'était nécessaire. Autour du hangar, ce n'était que du sable et Julien devait s'avancer à découvert. Il pouvait presque sentir sur ses omoplates les yeux de Rosie et de Michou qui le guettaient.

Il fit le tour du hangar jusque sous l'unique fenêtre, puis il se leva pour regarder. Ses yeux s'habituèrent lentement à l'obscurité. Sur une pile de bâches goudronnées, de filets et de sacs de farine, oncle Donat dormait à poings fermés, sa flasque de whisky pendant mollement dans une main. Julien rejoignit alors sa soeur et son frère.

—Il dort là-dedans, murmura-t-il. Qu'est-ce qu'on fait, maintenant?

Rosie haussa les épaules. Elle tournait et retournait une mèche de cheveux sur son index en se mordillant nerveusement les lèvres.

—Je sais, lança Michou, enfermons-le et rentrons chez nous avec son bateau.

8

EN PLEINE CAMPAGNE

— Et s'il sortait par la fenêtre? fit Rosie en transportant son pain soigneusement enveloppé dans le bateau de leur oncle.

— Elle est toute collée dans la peinture, dit Julien en souriant.

Ils mirent le peu de choses qu'ils avaient dans le bateau : le pain, une bouteille d'eau, une boîte de fruits, et un vieux *National Geographic* que Michou avait trouvé et qui montrait les pyramides d'Égypte.

— Je vais y aller un jour, annonça ce dernier, et grimper jusqu'en haut, sur la pointe.

Rosie referma la porte du camp pendant que Julien passait par en arrière et allait mettre un cadenas sur la porte du hangar. Oncle Donat ronflait paisiblement et ne fit aucun mouvement. Ils agrafèrent une petite note sur la porte rose :

«Papa, nous sommes rentrés à la maison.»

Ils ne savaient trop quoi écrire; il y avait tant à expliquer qu'ils s'étaient arrêtés là.

— Est-ce qu'on devrait parler d'oncle Donat? demanda Julien.

— Non, dit Rosie, il sera furieux.

Rosie et Michou grimpèrent dans le bateau et Julien se prépara à pousser. L'embarcation n'était pas très propre. Des traînées de graisse tachaient le moteur, une rame de sécurité manquait et des chiffons sales étaient entassés tout au fond. Rosie plia un chiffon bleu du côté où il était relativement propre et se mit en frais de nettoyer les bancs.

— Viens, Julien, dit-elle, partons.

Julien étudia attentivement la cabane, puis il regarda Rosie et Michou.

— Et si papa ne venait pas? dit-il lentement. Et si personne ne venait?

— On le verra à la maison, dit Michou.

— Qu'est-ce que tu veux dire? s'inquiéta Rosie.

— Je veux dire : si personne ne vient et qu'oncle Donat ne puisse pas sortir…? fit Julien d'une voix traînante.

— Ça n'arrivera pas, fit sa soeur. Quelqu'un viendra ou il criera à tue-tête. Il faut partir.

— Mais si personne ne vient? persista Julien. Qu'est-ce qui va arriver?

— C'est sûr qu'il va vouloir aller aux toilettes à un moment donné, fit Michou en regardant sérieusement son frère.

— Penses-y, reprit Julien. On ne peut pas le laisser enfermé là-dedans.

Impassible, Rosie le dévisageait.

— Il pourrait mourir là-dedans, cria Julien, exaspéré.

— Mais je le déteste, dit sa soeur. Il est méchant.

— Je sais, fit doucement Julien, mais mort et méchant, c'est deux. Et puis, c'est le frère de papa.

— Mais si tu le laisses sortir, demanda Michou, qu'est-ce qu'il va faire?

Julien s'assit sur le quai. Il regarda tristement la surface de l'eau, puis le ciel.

— Et si on enlevait simplement le cadenas avant de partir? Comme on prend son bateau, il ne pourra pas nous rattraper.

— Bon, mais fais vite avant qu'il s'éveille!

Le quai craquait sous chaque pas. Il semblait impossible que quelqu'un puisse dormir avec ce soleil de plomb. Mais lorsque Julien jeta un coup d'oeil par la fenêtre, oncle Donat était confortablement enroulé sur le côté et sa flasque avait glissé sur le plancher. Julien se dirigea vers la porte sur la pointe des pieds et étira son bras pour aller chercher la clé sur le linteau de la porte. Il tourna la clé dans le cadenas qu'il retira. Ce faisant, la partie ronde heurta la porte. Julien s'immobilisa. Mais aucun bruit ne sortit du hangar, rien que le silence. Il recula lentement, puis se retourna et partit à la course.

— Il a encore l'air endormi, dit-il, essoufflé, à Rosie et à Michou. Partons!

Il poussa le bateau et sauta dedans.

Maintenant, ils avaient peur. Ils imaginaient qu'oncle Donat jaillissait au coin de la maisonnette, s'avançait, ses longues mains osseuses de pêcheur tendues pour attraper l'un d'eux.

Julien s'empressa de faire tourner le moteur. Le bruit éclata comme de la dynamite. Oncle Donat allait sûrement l'entendre et il se mettrait à courir dans ses grandes bottes molles. Julien dirigea le bateau vers la pointe, mais ils fixaient tous la rive, en arrière.

— Mais qu'est-ce qu'il peut faire? hurlait Rosie par-dessus le bruit. Qu'est-ce qu'il peut nous faire, hein?

Julien regarda devant lui en s'approchant de la pointe. Quand seraient-ils assez loin pour qu'on n'entende plus le moteur du hangar? Dans combien de temps les seuls bruits qui atteindraient le petit hangar rouillé seraient ceux des mouches butant contre le carreau de la fenêtre, le frisson du vent dans les fourrés et l'occasionnel cri d'une mouette en plongée?

Julien lança le bateau vers un canal tout proche; il connaissait la côte à cet endroit à cause des randonnées qu'il y avait faites avec son père. Après avoir dépassé de petits îlots, il savait qu'il pouvait suivre la rive jusqu'à ce qu'ils atteignent l'embouchure de la rivière qui conduisait à la maison. Le rivage s'élevait des deux côtés en petites falaises escarpées et en collines. Les rochers étaient dispersés et, ça et là, une mince chute argentée creusait son chemin.

Finalement, ils s'installèrent, trouvant une meilleure position sur les bancs sous le soleil qui cuisait leurs épaules. Rosie enleva son chapeau; elle arracha des morceaux de son pain. Michou se gratta la tête, l'oreille, puis le ventre; il sourit à Rosie en mangeant son morceau de pain. Il avala une gorgée d'eau de la bouteille et la tendit à Julien. Le moteur ronronnait, et l'eau ondulait en vagues paresseuses; Julien posa nonchalamment son coude sur la barre. Il observait dans l'eau le jeu des ombres des rochers, du ciel et du soleil. Des bandes noires et d'autres plus claires faisaient comme un kaléidoscope sous la surface. Un monde totalement différent, pensa-t-il.

Le moteur toussota. Julien se redressa. Le moteur reprit son ronron et le garçon se détendit, laissant traîner ses doigts dans l'eau… C'est alors que le moteur s'étouffa, cracha, puis s'éteignit subitement. Julien se leva et enroula

la corde du démarreur autour du vilebrequin. Il tira, mais en vain. Il l'enroula une autre fois et tira; il y eut un petit toussotement, puis plus rien : le silence.

— Essaie encore, dit Rosie.

Julien reprit la manoeuvre, mais rien ne se produisit. Il prit l'unique rame et s'avança vers la proue du bateau.

— Il n'y a plus d'essence, annonça-t-il.

— Mais je veux m'en aller tout de suite à la maison, dit Michou. Je veux aller jouer avec mes camions.

Rosie retira son chapeau et, tournant le dos à ses frères, se ramassa, dos voûté, sur son siège. Julien, qui pagayait avec la seule rame, d'abord d'un côté, puis de l'autre, se dirigeait difficilement vers la berge. Ils auraient dû rester à la maison, se dit-il. Ils auraient dû demander à tante Barnes de s'occuper d'eux. Peut-être que tout se serait bien passé.

— Pourquoi est-ce qu'on est pas restés à la maison? se lamenta soudain Rosie en agitant dramatiquement les bras. Pourquoi on est partis?

— Parce qu'on voulait passer par la fenêtre, répondit Michou.

— Mais non, idiot! cria Rosie. Il fallait qu'on passe par la fenêtre!

— Moi, je «voulais» passer par la fenêtre, reprit Michou en croisant fièrement ses bras sur sa poitrine.

— Oh! tais-toi! dit sa soeur.

C'est à ce moment-là que la proue du bateau râcla la grève; Julien sauta à terre et tira l'embarcation sur les pierres. Michou lui tendit l'ancre qu'il enroula autour d'une pointe rocheuse.

— Il va falloir marcher jusqu'à la maison, annonça Julien d'un ton posé. Ce sera long, mais je crois qu'on peut atteindre la rivière en suivant la rive; et puis, peut-être que quelqu'un nous aidera à faire un bout de chemin. Mais il faut d'abord traverser les collines.

Sans un mot, ils enveloppèrent la boîte de fruits et la bouteille d'eau dans un chiffon et Michou glissa le magazine dans sa poche arrière. Rosie referma d'un noeud le tissu qui enveloppait son pain. Ils levèrent les yeux vers la colline escarpée dressée devant eux.

— Heureusement que j'ai cinq ans, lança Michou.

Ils grimpèrent lentement, s'aidant des rochers et s'agrippant aux buissons. Rosie enleva son chapeau et s'essuya le front. Leurs pieds trébuchaient sur le sol inégal et leurs pantalons étaient tachés de brun et de vert aux genoux. Julien se coupa la main sur une branche.

— Lèche-la, conseilla Rosie.

— Ouache! dit Julien, dégoûté, en passant sa main sur son pantalon.

Bientôt leurs visages et leurs épaules furent couverts de sueur.

Le long des parois du canal, l'air chuchotait comme une voix dans un tunnel. Ils atteignirent enfin le sommet et se hissèrent sur le rebord dont le sol était couvert d'herbes séchées. Une brise plus fraîche fit frissonner leurs épaules.

— Maintenant, fit Julien, si nous suivons cette rive, je pense que nous arriverons à notre rivière.

Le sol était couvert de mousses vertes, de pierres et de buissons nains. Des rochers étaient éparpillés partout, certains pas plus gros que des oeufs et d'autres, de la taille de leur hangar. Poursuivant leur chemin sur la colline à travers ce terrain accidenté, ils avancèrent en silence quelque temps. Michou, qui galopait au début, commença à marcher lentement et calmement derrière Rosie.

— J'ai soif, dit-il.

— Attends encore un peu, dit Julien.

Mais Michou serra les lèvres et croisa les bras sur sa poitrine.

— Je... veux... boire! répliqua-t-il.

Rosie s'assit dans l'ombre d'un grand rocher et Julien l'imita. Elle tendit silencieusement la bouteille à Michou, qui but jusqu'à ce que l'eau lui dégoulinât sur le menton.

— Pas si vite, pas si vite, lança Rosie. Il n'y en a pas d'autre.

Michou la regarda et se retroussa le nez d'un doigt.

— Na, na, c'est pas toi qui mènes!

Trop fatiguée pour répliquer, Rosie soupira.

— C'est qui le gros homme là-bas? demanda soudain Michou.

Julien et sa soeur se tournèrent d'un seul mouvement dans la direction indiquée par Michou. Rosie attrapa le chapeau dans sa poche, mais Julien poussa un soupir de soulagement. Il se frotta les yeux.

— C'est seulement un homme de pierre, expliqua-t-il. Les Inuit les ont construits sur le sommet des collines à travers la contrée pour indiquer le chemin à leurs amis, ou pour diriger les cerfs d'un certain côté. Ils sont presque tous tombés maintenant.

Rosie se rapprocha de Julien et posa sa tête sur son épaule.

— Penses-tu que Paul va mieux?

Julien regarda les vallées lointaines piquées de maigres pins; en bas, un petit ruisseau s'effilochait comme un ruban argenté à travers les herbes couchées par le vent. Il repoussa les cheveux de son front.

— Il s'en est toujours sorti jusqu'à présent. Mais c'est peut-être différent cette fois-ci.

— Je pense qu'il va bien, fit Rosie en regardant le ciel. Je pense qu'il est bien maintenant, reprit-elle en hochant la tête.

Julien se remit debout.

— Viens, Michou, allons voir cet homme.

9

ATTRAPÉS

L'homme de pierre se dressait majestueusement sur son piédestal. Plus les enfants approchaient, plus il ressemblait à un amas de grosses pierres, un grand T avec une petite tête crochue. Mais même comme ça, il émanait de lui tellement de tranquillité, de force et de solidité qu'on le sentait presque prêt à parler.

— Bonjour, murmura respectueusement Michou en regardant la petite tête de pierre. Comment tu t'appelles?

Julien passa ses mains le long de l'homme de pierre, émerveillé par la façon dont il était resté debout pendant toutes ces années, malgré les rafales qui balayaient les sommets. Il voulait rester là et construire un autre homme. S'il pouvait seulement voir comment on ajustait ces pierres! S'il était un peu plus fort pour les soulever! Mais il n'avait pas le temps; ils devaient repartir.

Rosie avait ramassé dans son chapeau quelques petites pierres qu'elle jeta sur le sol en s'assoyant. Julien et Michou s'accroupirent près d'elle.

— Qu'est-ce que tu fais? demanda Julien. Il faut partir!

— Je lui fais un enfant, répondit Rosie. Il est tout seul ici.

Elle commença à empiler les pierres qui s'écroulaient immédiatement. Michou s'était couché sur le ventre.

— Rosie, allons-y! ordonna Julien en regardant par-dessus son épaule.

— Je me repose un peu, fit-elle.

Elle arracha quelques morceaux de pain qu'elle mangea en manipulant les pierres.

— On n'a pas un instant à perdre!

Rosie lui montra son frère Michou du menton; ce dernier, bien tranquille sur les pierres, mâchait calmement son pain en poussant les pierres du doigt.

— Oh! dit Julien.

Il sortit l'ouvre-boîte de sa poche, ouvrit la boîte de fruits et la tendit à Michou qui s'assit en souriant et la prit avec empressement.

— Laisse-nous-en, dit Julien.

Pendant que Michou mangeait, Julien et Rosie cherchaient d'autres pierres, les plus carrées et les plus plates qu'ils pouvaient trouver. Les bosses et les arêtes qu'elles portaient les rendaient difficiles à assembler. Ils n'arrêtaient pas de les changer de place. Bientôt ils obtinrent une jolie petite figurine à tête oblongue et au ventre pointu.

— Appelons-le Gauthier, dit Michou.

Julien et Rosie éclatèrent de rire.

— Et le père? demanda Rosie.

Michou le regarda, puis conclut :

— On l'appelle juste Grand Homme.

Une fois debout, ils baissèrent les yeux sur l'enfant branlant.

— Eh bien, fit Julien. Bonne chance, Gauthier. J'espère que tu ne tomberas pas.

Ils ramassèrent leur maigre butin.

— Au revoir, Gauthier, dit Michou. Tu vas me manquer. Au revoir, Grand Homme.

Les collines rocheuses descendaient et tournaient sur leur chemin, toujours en vue du fleuve en contrebas. Mais après un certain temps, une crevasse dans le roc les arrêta et les força à pénétrer dans les terres.

— Qu'est-ce qu'on fait si on se perd? chuchota Rosie alors qu'ils descendaient une colline.

Inquiet, Julien haussa les épaules en regardant autour de lui pour se rappeler le paysage. Ils avaient les collines dans le dos, et le fleuve, maintenant invisible, était plus bas. Devant, s'étendait la vallée, traversée de ruisseaux semblables à des serpents brillants. Ici et là, des sapins dressaient leurs bras maigres au-dessus de l'herbe. À leur gauche, la vallée s'étendait avant de rejoindre d'autres collines et, à leur droite, s'ouvrait le ravin. Un petit ruisseau y bouillonnait en chantant avant de se jeter dans le fleuve.

— Je pense qu'on va suivre ce cours d'eau jusqu'à ce qu'on puisse le traverser, expliqua Julien, puis, une fois de l'autre côté, on va revenir au fleuve. D'accord?

Rosie hocha la tête.

Ils s'arrêtèrent pour attendre Michou qui commençait à traîner à l'arrière. Ses petites jambes avançaient avec difficulté sur le terrain accidenté. Son teint basané et ses taches de rousseur cachaient mal sa pâleur, et ses yeux avaient perdu leur éclat.

— Ça va? lui demanda Julien, remarquant pour la première fois comme il était petit.

— Ouais, dit Michou. Est-ce qu'il reste de l'eau?

— Quand on atteindra une partie moins profonde du ruisseau, on pourra boire.

— Tiens, dit Rosie en lui tendant la bouteille, tu peux prendre le reste.

Il lui sourit et but avidement, mais, soudain, ses yeux s'agrandirent.

— J'ai perdu mon magazine. Ma pyramide!

— C'est malin, ça, fit Rosie.

Michou lui fit une grimace et descendit la colline.

— Julien… commença Rosie. J'ai peur.

Ils marchaient péniblement, ne lâchant pas Michou des yeux.

— Je sais, soupira Julien. Pourquoi est-ce qu'on a oncle Donat; c'est pas juste!

— Tout le monde a peur de lui, dit Rosie. Je me demande si papa l'aime.

— Il le faut, c'est son frère.

— Pense-tu que papa va devenir comme lui un jour? demanda Rosie, les mains enfoncées dans ses poches.

— Non! cria Julien, stupéfait.

Il essaya d'imaginer son père en train de crier, de gesticuler et de dormir dans la poussière. Non, ce n'était pas possible.

C'est alors que Michou revint vers eux en criant :

— J'ai trouvé un endroit où traverser!

Sa fatigue oubliée, il galopait, dansant autour des pierres et lançant dans le ruisseau des roches qui bondissaient et claquaient contre les rochers avant de plonger dans l'eau.

— Je vais arriver avant vous, cria Michou alors que Rosie et Julien n'accéléraient même pas.

Lorsqu'ils atteignirent le gué, ils se mirent à quatre pattes pour boire. Michou releva vite la tête.

— Hé, Julien, regarde! cria-t-il de nouveau en pointant du doigt la colline qu'ils venaient de franchir. Regarde! Il y a un autre homme!

Il se leva et commença à reculer. Son frère et sa soeur se levèrent à leur tour. Rosie alla se cacher derrière l'épaule de Julien et Michou lui entoura la taille. Les yeux levés vers le sommet de la colline, ils virent la silhouette d'un homme qui levait un bras, un homme aux jambes arquées qui portait de grandes bottes.

— On n'aurait pas dû s'arrêter, chuchuta Julien, les bras serrés autour de son frère et de sa soeur. On n'aurait pas dû arrêter. Gauthier lui a montré le chemin.

— Venez ici, cria l'homme en colère, arrivez tout de suite.

Derrière lui, la tête rousse de Gaétan McNair apparaissait au sommet de la colline.

— Qu'est-ce qu'on fait maintenant? demanda Julien, se parlant à lui-même.

— Courons, lança Rosie en attrapant sa main. Courons! Vite! Viens!

Michou trébuchait sur les galets qui recouvraient la grève. Il tomba, entraînant presque Julien avec lui. Julien le releva en regardant derrière lui. Oncle Donat et Gaétan descendaient la colline comme des chèvres de montagne, le premier avec ses yeux plissés et ses lèvres serrées, et le second lançant son chapeau dans les airs comme s'il était au rodéo. L'estomac de Julien se contracta de peur et il tira encore plus fort sur le bras de Michou, qui traînait la patte.

Ils entreprirent la traversée du gué. Julien poussa Rosie devant lui.

— Continue, ordonna-t-il.

Prise de panique, elle sauta sur la première pierre,

puis sur la deuxième et Michou la suivit. Sur la quatrième pierre, branlante, sa cheville se retourna et elle tomba avec grand bruit dans l'eau bouillonnante. Michou sauta de l'autre côté pendant que Julien tirait Rosie par le bras, tentant de la remettre sur ses pieds. Elle essaya de se redresser en grimaçant.

Le rire de Gaétan résonna dans les collines alors qu'il atteignait l'étroite plage avec oncle Donat. Les bottes de l'oncle claquaient contre ses jambes quand il sautait sur les pierres plates, ses mains osseuses tendues vers eux. Rosie décida alors de s'enfuir.

Soudain, sans même réfléchir, Julien se tourna vers oncle Donat et lui fit face, l'aspergeant et lui lançant de la boue et de petites roches à la tête.

— Laisse-nous tranquilles! cria-t-il en reculant, comme fou.

Oncle Donat détourna son visage et leva ses bras pour s'en protéger les yeux, mais il avançait toujours, soufflant et marmonnant, pendant que Gaétan s'esquivait en ricanant.

D'un geste vif, oncle Donat se pencha et attrapa le bras de Julien. La prise était aussi forte qu'une pince d'acier. Gaétan transportait Rosie, en larmes, vers la grève, pendant que Michou silencieux, fatigué et les traits tirés, les dévisageait à tour de rôle. Il est aussi pâle que Paul, pensa Julien.

Il balança son autre bras pour frapper oncle Donat à la poitrine, mais ce dernier le saisit au vol et l'entraîna vers la rive. Julien criait, pestait et se débattait.

— Laisse-moi partir! Je te déteste! Laisse-nous tranquilles!

Mais il n'arrivait pas à se défaire de l'oncle Donat.

À bout de souffle, son oncle le sortit du ruisseau.

— Ça suffit, fiston, c'est assez, hoqueta-t-il. Je m'occupe de tout maintenant.

Julien leva les yeux et aperçut, de chaque côté de Gaétan, Rosie et Michou, en larmes, maintenus solidement par leur poignet enserré dans ses maigres doigts.

Furieux, il se pencha et donna un coup de tête dans l'estomac d'oncle Donat, criant de toute la force de ses poumons :

— LAISSE... LES... PARTIR!

Oncle Donat tomba par terre avec un grognement de surprise, entraînant Julien avec lui.

— C'est assez, fiston, souffla-t-il en retournant Julien sur le dos comme un insecte et en immobilisant ses épaules contre les rochers.

— C'est fini de jouer, dit-il en agitant son poing devant le nez de Julien.

Ce dernier laissa sa tête aller en arrière, et ses mains, crispées de colère, se détendirent et retombèrent sur le sol.

10

LE RETOUR

Se battre ne donne rien, pensa Julien. Je me suis battu et ça n'a pas marché. Je ne suis pas aussi fort que lui. Même Paul n'en serait pas venu à bout.

Il était comme épinglé aux pierres, les yeux rivés sur le ciel, conscient du visage rude de son oncle au-dessus de lui. La colère montait en lui, la colère et l'entêtement, comme un grand fleuve battant ses rives et déferlant avec force.

— Entêté et rêveur, disait de lui son professeur à l'école. Quelle combinaison! ajoutait-il en fronçant les sourcils pour montrer son désaccord.

Oncle Donat se leva et le libéra. Gaétan traversait le ruisseau, traînant Michou et Rosie de chaque côté de lui.

Que dirait son père, se demanda Julien en fermant les yeux, en apprenant ce qui était arrivé à Paul, en voyant ses enfants trempés, boueux et en larmes? Que dirait-il à Julien, l'aîné, qui n'avait pas su les protéger?

— Debout! ordonna oncle Donat.

Julien ouvrit les yeux; un rayon doré de soleil traversait le visage rouge de son oncle, dont les cheveux

étaient luisants et humides comme ceux d'une loutre et
sa bouche, tordue de colère.

— Lève-toi! reprit oncle Donat plus fortement en
poussant la jambe de Julien du bout de sa botte.

L'entêtement envahit Julien comme une vague, et le
soleil du ciel immense éclaboussait la tête de son oncle.
Une autre question se forma dans l'esprit de Julien : que
dirait le frère d'oncle Donat?

— J'ai dit de te lever! répéta son oncle.

Les galets étaient ronds et doux sous les épaules de
Julien; la terre le retenait contre sa surface chaude.

— Non! répondit-il.

Oncle Donat ouvrit les yeux tout ronds, comme un
personnage de bande dessinée, et il fixa Julien, étonné.

— Quoi? fit-il.

— NON! répéta Julien.

— Bon, je vais t'aider, dit hypocritement son oncle en
attrapant les deux bras du garçon.

Mais ce dernier ne bougeait pas d'un poil, lourd
comme un phoque mort, et ses bras glissèrent des mains
de son oncle, comme des nageoires.

Oncle Donat recommença, avec plus de force. Il l'assit,
mais la tête de Julien retomba en arrière, et quand l'oncle
tira encore, Julien ne fit que glisser sur les galets. Son
oncle le relâcha et Julien retomba en arrière.

Michou se mit à rire et Rosie, dont le visage était
strié de larmes, sourit faiblement. Ils se regardaient
l'un et l'autre, puis observaient Gaétan qui, semblant de-
viner ce qu'ils avaient en tête, les relâcha à son tour. Les
deux enfants s'assirent dignement sur les pierres
boueuses.

— À quoi joues-tu, mon garçon? dit oncle Donat.

— Je ne veux pas venir avec toi, dit Julien.

— Tu viendras, marmotta oncle Donat, même si je dois te traîner.

— Non, dit Julien.

— Tu reviens à la maison! cria oncle Donat. Qu'est-ce que ton père va dire quand il saura que tu as vagabondé, que tu t'es caché et que tu as volé?

— Qu'est-ce que tu penses qu'il dira? reprit Julien dont la colère cognait en lui comme un tambour.

— Il dira que tu es un drôle de fauteur de troubles. Maintenant, lève-toi ou je te traîne par les pieds.

— Et là, qu'est-ce que mon père dira? répéta Julien, les yeux à demi fermés pour observer le visage furieux de son oncle.

Oncle Donat leva le pied pour frapper Julien sur la jambe, mais Julien restait là, immobile, écrasé sur les galets comme une méduse, défiant son oncle du regard. Pendant un moment, il eut l'impression que c'était son père qui regardait oncle Donat à travers ses yeux. Sa question prit presque forme entre eux deux.

Lentement, oncle Donat reposa son pied et pressa ses lèvres comme s'il voulait parler. Incertain, il regarda Gaétan, puis Michou et Rosie, qui le dévisageaient sérieusement depuis leur siège de pierre. Gaétan haussa les épaules et fronça les sourcils. Ne me demande rien, semblait-il dire. Oncle Donat regarda Julien sans le voir. Une de ses mains glissa dans la poche qui contenait sa flasque de whisky, puis retomba le long de son chandail.

Julien se releva et s'assit; oncle Donat sauta furieuse- ment dans sa direction, un bras levé, le visage furieux.

— Tu n'iras nulle part! hurla-t-il.

— Parfait, dit Julien en s'étendant de nouveau. Je resterai ici.

Rosie se remit à pleurer en enfouissant son visage entre ses genoux.

— Non, tu ne restes pas ici! cria encore son oncle en se mettant à sauter sur place dans ses grandes bottes de caoutchouc, ramassant des pierres qu'il lançait ensuite dans le ruisseau.

— Il faut que tu fasses ce que je dis! cria-t-il, se tournant vers Julien, le visage cramoisi.

Julien s'assit et le regarda calmement.

— Non.

Oncle Donat se tourna vers Gaétan, les épaules soulevées et les paumes ouvertes, exaspéré.

— Il ne veut pas, dit Gaétan en secouant la tête.

Oncle Donat porta son regard au loin, leva les yeux au ciel, puis les baissa vers les collines. Il donna un autre coup de pied dans les pierres et se mit à masser les jointures de ses doigts.

Lentement, calmement, Julien se leva. Oncle Donat avança d'un pas, mais Julien se figea et le dévisagea. Ils avaient presque la même taille. Mais voilà que l'oncle laissa retomber sa main sur le côté et se mit à frotter nerveusement son pantalon du bout des doigts.

— Nous continuons maintenant, dit Julien.

Rosie et Michou se levèrent et vinrent se placer près de lui.

— Mon pain est tout mouillé, lui chuchota Rosie.

— Laisse-le aux oiseaux, lui répondit Julien sans lâcher son oncle des yeux. Garde seulement le chiffon.

Rosie lança le pain sur le sol, secoua les miettes détrempées et tordit le chiffon. Puis elle prit la main de Julien. Ils tournèrent tous trois le dos à leur oncle et à Gaétan et s'avancèrent vers la rive étroite du ruisseau, mais en marchant cette fois. Rosie jeta un coup d'oeil par-dessus son épaule : oncle Donat les observait avec des yeux vides et l'air vague, comme un animal stupide qui laisse aller son regard au-dessus d'une clôture. Gaétan se gratta l'oreille et mordit sa lèvre inférieure.

— Vous m'avez volé mon bateau! leur cria oncle Donat, les harcelant une dernière fois.

Julien s'arrêta et se tourna à moitié sans lui répondre.

— Vous êtes tous les trois des voleurs, cria encore leur oncle, la voix plus faible. Vous êtes rien que des voleurs, dit-il plus bas encore, presque à lui-même.

Au-dessus de sa tête, les mouettes volaient en tournoyant, puis plongèrent avec force bruit vers le pain de Rosie, leurs pattes jaunes effleurant habilement les pierres. Oncle Donat les regardait sans les voir.

Julien tira doucement la main de Michou et mit le pied sur la première pierre plate pour traverser le ruisseau. Il sauta sur la suivante et Rosie le suivit, plus prudemment que la première fois.

— Hé! cria leur oncle. Hé!

Ils se tournèrent vers lui; il se tenait là, inquiet, la tuque à la main.

— Vous n'arriverez jamais avant la noirceur, lança-t-il rudement sans hausser vraiment la voix.

Anxieux, Rosie et Michou regardèrent leur frère puis leur oncle. C'était vrai. Le soleil avait déjà commencé à descendre. Ils ne seraient pas à la maison pour se coucher; et ils n'avaient rien à manger.

Le visage de Julien reflétait force et fierté. La force qu'il sentait en lui était nouvelle et étrange, presque la sensation d'une renaissance. S'il se détournait, s'il parlait, il pourrait la perdre.

— On… on pourrait vous ramener, dit oncle Donat en

tripotant sa tuque et en désignant Gaétan. On pourrait vous ramener à la maison?

C'était maintenant une question et il attendait leur réponse. Rosie et Michou avaient reculé sur la première pierre aux côtés de Julien qu'ils entouraient, le tenant par la taille et leur regard allait de lui à leur oncle. Julien avait l'impression de trembler. Il redressa les épaules, réfléchissant.

— On pourrait vous ramener à la maison, répéta oncle Donat.

Julien passa ses bras autour des épaules de Michou et de Rosie et descendit de la pierre, les poussant devant lui.

— Ça va, dit-il.

Oncle Donat poussa un soupir, remit sa tuque et avança vers la colline, les enjoignant de se joindre à lui. Mais Julien se tint prudemment derrière.

— On va suivre, dit-il.

Les épaules d'oncle Donat retombèrent et sa bouche prit un pli amer, mais il hocha la tête et prit le chemin de la colline avec Gaétan. Ils avancèrent en procession : oncle Donat et Gaétan devant, puis, derrière, le petit groupe formé par Rosie, Michou et Julien. Ils atteignirent vite le sommet de la colline et regardèrent la rivière profonde qui murmurait dans son lit.

— Attendez ici, dit oncle Donat. Descendez au bord et on va approcher les bateaux.

Julien acquiesça d'un signe de tête.

Ils rencontrèrent leur père sur la rivière. Il se leva dans son bateau et les salua avec sa casquette, puis il vira de bord pour rentrer au village. Le ciel s'assombrissait; l'or et l'orange s'embrasaient à l'horizon.

Dès que le bateau toucha la plage, Rosie et Michou

sautèrent à terre et coururent vers leur père, laissant de petites empreintes brillantes sur le bord de l'eau. Celui-ci se pencha pour les attraper et les serra très fort, pressant son visage contre le leur. Il se redressa ensuite pour regarder Julien. Oncle Donat et Gaétan attachaient leurs bateaux aux piquets.

Julien avança lentement vers son père, se sentant à la fois timide, fort et effrayé. Tant de choses semblaient différentes et tant de choses restaient pareilles.

— Papa, dit Julien une fois près de son père, as-tu des nouvelles de Paul? Sais-tu ce qui lui est arrivé?

— Oui, dit M. Mackensie.

Il enlaça les épaules de son fils et lui tapa le dos. Michou tenait le pantalon de son père et Rosie s'appuyait contre lui, les yeux fermés et les bras passés autour de sa taille.

— J'ai appelé votre mère de l'infirmerie. Où étiez-vous, fiston? demanda-t-il ensuite en repoussant Julien pour mieux le voir.

— On était allés te chercher au camp, répondit Rosie en levant la tête. On voulait être avec «toi», ajouta-t-elle en regardant oncle Donat.

Il y eut un long silence quand oncle Donat s'approcha, frottant ses paumes contre son pantalon et grattant son sourcil d'un doigt recourbé.

— Émile, je, euh…commença-t-il, eh bien…continua-t-il en désignant Gaétan, eh bien, au moins, ils sont ici.

— Merci de les avoir retrouvés, Donat, dit monsieur Mackensie. Je pense qu'ils ont une sacrée histoire à me raconter.

Oncle Donat jeta un regard à Julien, puis baissa les yeux.

— Ouais, dit-il en s'éloignant sur la plage avec Gaétan.

— Julien l'a battu, papa, dit Michou. Il restait couché sur les pierres comme un mort et oncle Donat l'a traîné.

— Julien…? fit son père en cherchant ses yeux.

Julien rougit.

— C'est une longue histoire.

— Allons à la maison, dit leur père. Vous me la raconterez en soupant.

Ils marchèrent dans le sable, contournèrent les bateaux vers les petites maisons roses, blanches et jaunes.

— Où étais-tu, papa? demanda Rosie.

— Je pêchais avec Roland Nolan dans la baie Muddy. Joe et Sam Fafard m'ont trouvé, tard cet après-midi. Le poisson était abondant là-bas. Et comme vous n'étiez pas là, je pouvais me le permettre. Maintenant, nous allons nous débrouiller tous les quatre.

— Mais maman et Paul vont bientôt revenir, n'est-ce pas? demanda Rosie.

M. Mackensie repoussa les mèches qui étaient retombées sur le front de la fillette.

— Peut-être, mais on ne sait pas encore, dit-il. Paul est encore très mal, mais il va s'en sortir, grâce à Dieu! Penses-tu que nous pouvons nous occuper de tout jusqu'au retour de maman? demanda-t-il ensuite en lui soulevant le menton pour bien la voir.

Les yeux de Rosie s'emplirent de larmes, mais elle hocha la tête.

— Paul t'a demandé quelque chose, Julien, dit leur père en marchant. Il ne se rappelle rien sauf le chaudron de soupe qui se renverse. Il te demande de dessiner ce qui est arrivé.

— Je vais le faire, papa, dit Julien, mais l'image de Paul tombant de la chaise pour se retrouver étendu sur le plancher défila dans sa tête comme un film au ralenti. Papa, je ne l'ai pas aidé, dit-il alors, les larmes aux yeux. Je n'ai pas vu…

M. Mackensie s'arrêta et mit ses mains sur les épaules de son fils. Il le regarda dans les yeux.

— Julien, dit-il, Paul était assez grand pour comprendre. Tu ne peux pas penser à sa place, fiston.

— Mais c'est moi l'aîné…

— Eh bien, je suis aussi l'aîné, dit-il en souriant tristement. M'en veux-tu parce que je n'ai pas réussi à sauver mon frère?

Julien secoua lentement la tête; même son père avait l'air différent aujourd'hui.

— Chacun doit suivre son chemin, mon fils. On aide quand on peut.

Julien hocha de nouveau la tête et la nouvelle sensation, comme une étoile qui brille doucement, revint l'envahir.

Ils marchèrent dans le soir, côte à côte. Dès qu'il aperçut la maison, Michou se mit à courir devant eux. Ses pieds soulevaient de petits nuages de poussière jaune. Rosie soupira de bonheur et Julien posa un moment sa tête contre l'épaule de son père.

— As-tu grandi, fiston? demanda M. Mackensie.

— Un peu, répondit Julien en le regardant, un sourire aux lèvres.

— Venez, j'ai un bon souper qui vous attend. On va s'asseoir et vous allez me raconter toute cette histoire. Je veux tout savoir.

— Je suis sorti par la fenêtre! dit Michou.

— Mais ce n'est pas le début, dit Rosie.

— Eh bien, on va laisser Julien raconter son début et puis vous me raconterez les vôtres, dit M. Mackensie en riant. Venez, maintenant.

Ils entrèrent dans la maison et refermèrent la porte derrière eux.

Les autres titres
dans la série *Portraits Jeunesse* :

Un chat nommé Cortez
L'énigme des statues de bois
Anastasia Filipendule et le papillion de verre